関白同心
少年貴族と八丁堀の鬼

早見　俊

コスミック・時代文庫

この作品はコスミック文庫のために書下ろされました。

目次

第一話　首無し盗人

一

「やめろって言っているのがわからねえのか！」

江戸有数の盛り場、両国西広小路《りょうごくにしひろこうじ》で大音声があがった。

文政三年（一八二〇）の葉月一日の昼さがり、好天に恵《めぐ》まれたとあって、往来《おうらい》は大勢の男女のひといきれでむんむんとしている。

そんな雑踏《ざっとう》に紛《まぎ》れていても、男の声は人の足を止め、耳目《じもく》を集めるほどだった。

たちまち、物見高《ものみだか》い野次馬《やじうま》たちが人垣《ひとがき》を作る。

声の主《ぬし》は、南町奉行所の定町廻《じょうまちまわ》り同心、鬼塚寅太郎《おにづかとらたろう》である。

鬼《おに》と寅《とら》……その名のとおり、浅黒く日焼けした顔は苦《にが》み走った男前だが、鋭《するど》い眼光が、獣《けもの》じみた獰猛《どうもう》さを感じさせる。

背はそれほど高くはないが、両肩《かた》が盛りあがり、小袖《こそで》からのぞく腕は丸太《まるた》のようだ。

総じて強面《こわもて》の男である。

そんな寅太郎が、やくざ者三人をどやしつけた。

三人は、少年とその姉らしき娘に絡《から》んだのだった。

少年は歳のころ、十三、四。

月代《さかやき》を残したまま髷《まげ》を結う、いわゆる儒者髷《じゅしゃまげ》。格好はというと、白雪のように純白の狩衣《かりぎぬ》を身に着けていた。面長《おもなが》の顔は目鼻立ちが整い、利発《りはつ》なうえに品格を感じさせる。

娘はというと、薄紅《うすべに》色地に金糸《きんし》で月と薄《すすき》が描かれた絹《きぬ》の小袖がよく似合い、瓜《うり》実顔《ざねがお》は少年同様に上品で花のように美しい。

少年と娘が足を踏んだとか肩がぶつかった、などと言いがかりをつけ、やくざ者が銭金《ぜにかね》をせびっていたのだ。加えて、娘の色香《いろか》に欲望を滾《たぎ》らせたのだろう。

通りがかった寅太郎は、やくざ者に止めるよう怒鳴った。しかし、昼の日中から飲んだくれていたとあって、気が大きくなり、

「十手《じって》が怖くて、やくざがやっていられるか」

「八丁堀同心《はっちょうぼりどうしん》だからって、でけえ面《つら》すんなよ」

と、寅太郎に食ってかかる始末。

「ああ、おれの顔はでけえぜ」

寅太郎は顔を突きだした。

ふてぶてしい笑みを浮かべ、やくざ者がたじろぐような悪党面《あくとうづら》となった。

一瞬にして酔いが醒《さ》めたようで、三人はしゃんとなり、寅太郎に頭をさげたが、時すでに遅しだった。

「馬鹿につける薬はないからな。身体で後悔させてやるぜ」

まず、寅太郎は真ん中の男の顔面を殴《なぐ》った。男の頬骨《ほおぼね》が砕《くだ》け、悲鳴をあげながらひざまずく。間髪《かんはつ》いれず、左右のふたりの腹を蹴《け》りあげた。

激痛のあまりふたりは言葉を発せられず、腹這《はらば》いになり、呻《うめ》き声を漏《も》らすのが精一杯だ。

すると、

「どいた、どいた」

と、野次馬を搔《か》き分け、数人の男がやってきた。先頭の男が、

「こりゃ、鬼寅の旦那《だんな》……」

男は寅太郎に挨拶《あいさつ》をしてから、連れてきた男たちに向かって顎《あご》をしゃくった。男たちは、地べたにのたうつ三人を立たせ、連れ去った。

「荒長《あらちょう》、ちゃんと縄張りを見張ってろよ」

寅太郎は渋面《じゅうめん》を作った。

荒長こと、荒夷《あらえびす》の長吉《ちょうきち》。

両国界隈《かいわい》を縄張りとする、博徒《ばくと》の親分である。荒夷の二《ふた》つ名のとおり、太い眉《まゆ》に彫りの深い顔、着物の襟元《えりもと》からは胸毛がのぞき、袖から出ている手腕は毛むくじゃらだ。膝《ひざ》まである長羽織《ながばおり》には、アイヌ文様《もんよう》が描かれている。

「あの……危《あや》ういところを助けてくださり、ありがとうございます」

少年がぺこりと頭をさげた。

「いいってことよ。それより、おまえ、餓鬼《がき》のくせして神主《かんぬし》か」

狩衣姿を見て、寅太郎は言った。「餓鬼のくせして」とはずいぶんと横柄《おうへい》な物言いだが、寅太郎の口から発せられると不思議と不快ではない。

「神主……ではありません。わたしの素性《すじょう》はともかく、お礼をしたいのです」

少年の申し出に、

「礼か。いくらくれる」

なんの躊躇《ためら》いもなく、寅太郎は右手を差しだした。

「すみません、あいにく財布を滞在中の屋敷に置いてきました。姉上、いくらか金子《きんす》を用立ててください」

少年が声をかけると、

「ほんに、凜々《りり》しいお方。東男《あずまおとこ》の見本やわあ」

うっとりとした目で、娘は寅太郎を見やった。

「言葉からすると、上方《かみがた》から来たのか」

寅太郎に問われ、

「京の都です。東男に京女《きょうおんな》、なんやら、あなたさまとの出会いは定《さだ》めのような気がします」

満面の笑みで娘は返した。

「妙ちきりんな娘だな。それより、礼金をくれよ」

焦《じ》れたように寅太郎が語調を強めたところで、数人の侍がやってきた。

いずれも、羽織、袴《はかま》をきちんと着こなした武士だ。彼らに続いて、立派《りっぱ》な螺鈿《らでん》細工《ざいく》の駕籠《かご》が二丁、姉弟の前につけられた、

「お礼をします。どうぞ、一緒にいらしてください」

姉に誘われ、寅太郎は長吉を見た。

「そちらさまもご一緒に」

「ひょっとして、身分ある方々かもしれねえぞ。駄賃《だちん》が弾《はず》んでもらえそうだ。行くぜ、荒長」

長吉をうながした寅太郎は足取りも軽く、姉弟を乗せた駕籠に付き従《したが》った。


「こりゃ、たまげたぜ」

寅太郎は口を半開きにした。

「一橋《ひとつばし》さまのお屋敷ですぜ」

長吉も驚いている。

ここは江戸城内、一橋御門近くに構えられた一橋治済《はるさだ》の屋敷だ。治済は御三卿《ごさんきょう》である一橋家の当主であるばかりか、将軍徳川家斉《いえなり》の実父として、幕府に隠然《いんぜん》たる影響力を持っている。

御殿の小座敷に通され、豪勢な料理と酒でふたりはもてなされた。

「何者ですかね、あの姉弟……」

長吉が首をひねったところに、姉弟が姿を見せた。

「申し遅れました。わたしは近衛菊麻呂《このえきくまろ》、これは姉の鶴子《つるこ》です」

菊麻呂は、折り目正しく挨拶をした。

「近衛……で、何者だい。どこかの大名の若さまか……あ、いや、身形《みなり》からすると、都にある大きな神社の神主の倅《せがれ》だな。どうだ、図星《ずぼし》だろう」

得意げに寅太郎は推測すると、長吉に同意を求めた。

ところが長吉は顔を引きつらせ、返事をしようにも歯の根が嚙《か》みあわない。

訝《いぶか》しむ寅太郎をよそに、目を凝《こ》らして菊麻呂を見つめたまま固まっている。

「おい、荒長」

寅太郎に肩を叩《たた》かれ、長吉はようやく落ち着きを取り戻し、菊麻呂に語りかけた。

「あの……もしかしてですが、近衛さまとは……お公家さまの近衛さまですか」

そうです、と菊麻呂は返す。

「は、は、ははあ～」

途端《とたん》に長吉は平伏《へいふく》した。

「おいおい、なにやっているんだよ」

寅太郎はおかしそうに笑った。

長吉は面《おもて》をあげ、

「こちらにおられるのは、関白《かんぱく》さまですよ」

寅太郎にも頭をさげるよう言った。

「関白ってなんだ。どっかで聞いたことがあるな」

腕組みをして、寅太郎は思案した。

そんな寅太郎を、鶴子は好意的な微笑みを浮かべて見つめている。

「……関白とは、公家でいちばん偉いお方です。鬼寅の旦那もご存じでしょう、太閤秀吉《たいこうひでよし》を。秀吉は関白になり、隠居して太閤と呼ばれたのです」

噛んで含めるような口調で、長吉は説明した。

「ああ、その関白か。へ〜え、こいつは驚いたな。江戸で関白さまとお会いするとは。関白さま、荒長の奴はね、博徒の親分のくせして物知りなんだよ。おれに言わせりゃ、学問が邪魔して、いまひとつ大きくなれないのさ。博徒に学問なんていらないって、何度言い聞かせてもききやしない。困った奴だよ」

言いたい放題のあげく、

「関白さまと公方《くぼう》さまは、どっちが偉いんだ」

と長吉に教えを請うた。

「将軍さまは武家でいちばん、関白さまは公家でいちばんです」

長吉が答えると、

「じゃあ、公家と武家はどっちが偉いんだ」

寅太郎は大真面目《おおまじめ》に問いを重ねた。長吉は、公家と武家の違いと歴史を語りだした。たちまち退屈そうな顔をした寅太郎に、

「いまは武家の世です。公家は都で、慎《つつ》ましく暮らしておりますわ」

鶴子が言った。

続いて、

「わたしは、鬼塚殿のようなお方に会ったことがありません」

好奇心に満ちた顔で、菊麻呂が言いたてた。

寅太郎はきょとんとなり、

「そうかい……江戸じゃ、おれみたいな男はごろごろといるぜ。なあ、荒長」

長吉に同意を求めた。

そうですよ、という返事があると思いきや、

「相当に変わっていますよ。鬼寅の旦那のような八丁堀同心は、お目にかかったことござんせんや」

と、長吉に返され困惑する寅太郎に、

「都では公儀の役人というと、みなさん、鯱張《しやちほこば》っております。とても親しみを覚えられません。公家や町人にしましても、本音を隠し、口で言うことと腹の底で思っていることが違うのは珍《めずら》しくありません。公家、町人のなかには、本音を隠すのが都の住人だと誇《ほこ》る者もいるのです。鬼塚殿は言葉を飾らない、お人柄がそのまま言動に表れています。わたしは、新鮮ですごい、と感心しました」

言葉とは裏腹に、本音を吐露《とろ》した菊麻呂も、都の人間らしくはないようだ。その点は、菊麻呂と寅太郎は似た者同士と言える。

しかし、根本が大きく違う。

寅太郎が本音を隠さないのは、がさつで大雑把《おおざつぱ》、わがまま勝手な性分であるのに対し、菊麻呂は生来の素直さなのだ。

言ってみれば、寅太郎は育ちの悪さ、菊麻呂は育ちの良さ、相反するふたつの要素は、奇《く》しくも飾らない人柄を育《はぐく》み、そんなふたりが出会ってしまったのだ。

そんなことを思いながら、長吉は居住まいを正し、菊麻呂と鶴子がどうして江戸にやってきたのか、遠慮がちに問いかけた。

世間知らずのまま十四の歳で関白に成ってしまった……ついては、江戸で見聞《けんぶん》を広めようとやってきた、と菊麻呂は答えた。

「わたくしは、嫁入りする前に、凜々しく頼もしい東男に会いたくて、菊麻呂と一緒にやってきました。来てよかった。寅さまと出会えたのですもの」

聞かれもしないのに、鶴子は言いたてた。

ここで菊麻呂が、

「そうだ……お願いがあるのですが、鬼塚殿の御屋敷に居候《いそうろう》させてください」

と、寅太郎に頼んだ。

「なんだと……おいおい、やめとけよ。おれの家は、関白さまが暮らせるような立派なもんじゃないぜ」

寅太郎は頭を振った。

「住まいは気にしません。それより、江戸で見聞を広めたいのです。もちろん、家賃をお支払いします」

月十両でいかがでしょう、と菊麻呂が条件を出すや、寅太郎の目が輝《かがや》く。

「ほう、まあ困った者を見捨てるわけにもいかないな。よし、むさ苦しい家でよかったら」

承知しようとしたところで、鶴子が言葉を添えた。

「でも寅さま、お身内に相談しはったら」

「それがな、おれは独り住まいなんだ。隠し事じゃないからぶちまけるが、おれは二年前まで、銚子《ちょうし》で漁師《りょうし》をやっていたのさ」

父親とそりが合わず、十歳で家出をした寅太郎は、銚子で漁師になった。それが二年前、両親が急な病《やまい》で亡くなり、急遽《きゅうきょ》、鬼塚家と南町奉行所の定町廻り同心の役職を継ぐことになったのだ。

「だから、ひとりくらいは住まわせられるがな」

寅太郎が言うと、

「お願いします。飯炊《めした》きや掃除《そうじ》はしますので。鬼塚殿、ぜひ」

菊麻呂の清流にように澄んだ瞳が、輝きを放つ。

「まあ、いいだろう。ただし条件がある。おれのことを鬼塚殿と呼ぶな」

「では、なんと」

「寅太郎でいいよ」

「呼び捨てにはできませんから……寅さん、と呼びます」

「いいだろう」

「では、わたしのことも、関白さまなどと呼ばず菊麻呂と……」

「菊麻呂はまどろっこしいから、麻呂《まろ》でいいな」

寅太郎の言葉に、菊麻呂はにっこり微笑《ほほえ》んだ。

二

葉月五日になった。

木々が色づくにはまだ日があるが、色なき風はさわやかで、空には鱗雲《うろこぐも》が光っている。そんな秋麗《しゅうれい》の昼さがりにもかかわらず、南町奉行所の筆頭《ひっとう》同心、平田《ひらた》凡《ぼん》太郎《たろう》は冴えない顔をしていた。

名は体《たい》を表すとはよく言ったもので、平田はどこと言って特徴のない、会って別れた直後には忘れてしまうような平凡な顔つきだ。

五十路《いそじ》に入り、最年長の町廻《まちまわ》りという理由だけで、筆頭同心の任にある。

寅太郎は菊麻呂を連れて出仕《しゅつし》すると、同心詰所《つめしょ》に顔を出した。

同心詰所は土間《どま》に縁台《えんだい》を並べた殺風景《さっぷうけい》な空間ながら、定町廻り、臨時《りんじ》廻《まわ》り同心たちの憩《いこ》いの場であり、町廻りで得たさまざまな情報を交換する場でもあった。

京の都にも、町奉行所はある。東町《ひがしまち》、西町《にしまち》と、江戸と同じくふたつの奉行所が設《もう》けられていた。菊麻呂は出向いたことはないが、奉行所も都とは違う雰囲気を感ずる。

平田の顔を見るなり、

「どうしたんだい、陰気な顔で」

寅太郎は問いかけた。

上役《うわやく》に対しても敬語どころか、ぞんざいな口を利くのが寅太郎らしい。飾らない、そして媚《こ》びない寅太郎に、菊麻呂は好感を抱《いだ》いた。

「ああ……ちょっとな……」

言葉を曖昧《あいまい》に濁《にご》してから、平田は寅太郎の横にいる菊麻呂に気づき、おやっとなった。

「ああ、この坊主《ぼうず》な……親戚の子供だ。都のさる神社で神主修行をしているんだが、ちょいと江戸見物にやってきたって寸法《すんぽう》だよ。あいにく、おれは独り住まいなんでな、不案内な江戸で屋敷に置いとくわけにもいかず、連れて歩いているんだ。町廻りについていてくれれば、江戸見物にもなるしな」

早口に寅太郎はまくしたてた。

「おまえ、都に親戚なんかいたのか」

平田は首をひねったが、

「……おれもつい最近だ、知ったのはな。なにしろ、親父と大喧嘩《おおげんか》して十で家出し、二十三になった二年前まで、銚子で漁師をやっていたからな。鬼塚の家と親戚関係はよく知らなかったし、関心もなかったんだ」

なんとか寅太郎は誤魔化した。

寅太郎のがさつで大雑把《おおざっぱ》な人柄《ひとがら》を知る平田は、疑いもせずに菊麻呂との関係は受け入れたが、

「十手御用に連れていくっていうのはな……」

と、難色を示した。

「おれの留守中、八丁堀の組屋敷《くみやしき》に居続けちゃ、息が詰まるぜ。かといって、ひとりで出歩いて、路頭《ろとう》に迷ったあげくに妙な連中に絡まれ、怪我を負わされてもいいのかい。あんた、責任を取れるんだろうな」

寅太郎が食ってかかると、渋面になり平田は口をつぐんだ。

「麻呂、筆頭同心さまのお許しが出たぞ」

寅太郎は、平田が異論をとなえないのを都合よく解釈した。

「ありがとうございます。決して、寅さんや御用の邪魔はいたしませぬ」

ほがらかな声で、菊麻呂はぺこりと挨拶をした。

わたしは、寅さんに学びたいのです。このようなすごいお方に会ったのは初めてなのです。繰り返します。足でまとい、邪魔にならないよう努めます。よろしくお願いいたします。

寅太郎を絶賛する菊麻呂を、平田は奇異な目で見ている。そこで、寅太郎は話題を変えた。

「それで、陰気な面《つら》のわけはなんだ」

平田の関心は、たちまち菊麻呂から移った。

「それがな、なんとも不可思議《ふかしぎ》な出来事が起きたんだ」

ひと月前、南町奉行所が捕縛して打ち首となった、関取大五郎《せきとりだいごろう》という盗人がいた。

関取大五郎、その名が示すように元関取だった。喜多方藩《きたかたはん》お抱《かか》えで、関脇《せきわけ》までいったのだが、客を殴り廃業に追いこまれた。

その後、腕力にものを言わせて手下《てした》を集め、盗みを働くようになった。

商家に押し入った際、みずからの手形《てがた》を残していくのが特徴であった。

「おまえも知っているだろう。大五郎は打ち首になった。それが昨今、また大五郎を名乗る盗人が出没しとるんだ」

　平田は渋面を深めた。

「へ～え、首を斬られた大五郎が、盗みを働いているのかい。ずいぶんとまあ、執念深《しゅうねんぶか》い野郎だな。麻呂、江戸じゃ、首無し盗人が跋扈《ばっこ》しているようだぞ」

　がははは、と寅太郎は笑い声をあげた。

「興味深いです。都でも幽霊とか妖怪騒ぎはあります」

「そうだろうな。都は江戸よりもずっと古い町だから、その分、物《もの》の怪《け》や幽霊が居てもおかしくはない。で、首をちょん切られた盗人が、悪さをしたこともあったのか」

「盗人は聞いたことがありませんが、平安の御代に、関東で大反乱を起こした平《たいらの》将門《まさかど》は、都で首を晒《さら》されましたが、夜な夜な雄叫びをあげ、関東に飛んでいったそうですよ」

「そりゃ、おれだって知っているよ。神田明神《かんだみょうじん》は将門を祭っているんだからな」

「寅さんは幽霊を怖がらないでしょうね」

　菊麻呂と寅太郎が幽霊話で盛りあがるのを横目に、

「それくらいにしておけ」

むっとして平田は止めると、寅太郎は肩をすくめた。

平田は真顔で続ける。

「首を斬られた男は、盗みどころか、一歩も歩けはしない。だから、お縄にした男は、偽《にせ》の大五郎だったのかもしれん」

「そう考えるのが普通だな。で、実際のところ、どうなんだ。偽者だった可能性はあるのかい」

「大五郎はかつて評判の力士だった。大五郎の顔を知る者は多かった。よもや、間違った男を捕縛などありえぬな」

「なら、大五郎の手下が、亡き頭領《とうりょう》を騙《かた》っているんだろうさ」

あっさりと寅太郎は決めつけた。

「わしもいったんはそう思ったんだが、困ったことに、大五郎と同じ手形が盗みの現場に残っている。寸分違《すんぶんたが》わぬ手形がな」

嘘じゃないぞ、と平田は言い添えた。

ところが、

「見間違いだろう」

寅太郎は一笑に付してしまった。

心外だとばかり、平田は天地神明《てんちしんめい》にかけて間違いないと強調した。いかにもおおげさな物言いは、むしろ平田の困惑を物語っている。

「時節遅れの幽霊かい」

平田の悩みをよそに、寅太郎は茶化《ちゃか》した。

平田は怖気《おじけ》を震《ふる》い、小声で自分は幽霊が大の苦手《にがて》なのだと付け加えた。この世で、唯一怖いのだそうだ。

幽霊はあの世に棲み、この世の存在ではない、と菊麻呂は言いかけたが、あの世に棲めない幽霊だからこそ、この世に現れるのか、と思い直して口を開いた。

「力士の幽霊とは奇妙なもんですね。やはり、まわしを締めて出てくるのでしょうか。四十八手《しじゅうはって》を使って盗みを働くのですかね」

菊麻呂は大真面目に疑問を呈《てい》したのだが、平田は本当に幽霊が怖いようで、むっつりと黙りこくった。

「麻呂、おもしろいこと言うじゃないか」

代わりに寅太郎は子どものように喜ぶ。

江戸は広い、妙な騒ぎが起きるものだ、と菊麻呂は感じた。

寅太郎は菊麻呂を連れ、町廻りに出た。

といっても、真面目に役目に取り組むはずもなく、両国西広小路にある荒夷の長吉一家を訪ね、

「飯を奢《おご》れ」

と、誘いだした。

忙《いそが》しいうえに寅太郎からたかられ、長吉はいかにも迷惑そうに付き合った。それでも、菊麻呂を気遣《きづか》う。

「ええと、その……関白殿下、江戸はいかがですか」

「関白殿下はやめてください」

苦笑しつつ、菊麻呂は首を左右に振った。

「おれと麻呂はな、寅さん、麻呂の間柄だぜ」

寅太郎は、がははと笑った。


長吉の案内で、表通りに面した小料理屋に入った。奥の小座敷に通されると、まずは燗酒《かんざけ》とらっきょうが用意される。

「旦那、幽霊大五郎の騒ぎ、ご存じでしょう」

やおら長吉は、読売《よみうり》を差しだした。

そこには、幽霊大五郎参上、とでかでかと記されていた。内容は、平田から聞いたとおりで、大五郎が生き返り、盗みを働きはじめたというものである。

その痕跡《こんせき》を示すように、大五郎の手形が残されている、と大々的《だいだいてき》に書きたててあった。

菊麻呂は興味深く、読売に目を通した。

京の都でも読売は売られていたが、近衛家の跡継ぎたる者が下世話《げせわ》な読売なんぞ、手に取るべきではない、と読むのを禁止されていた。実際は、奉公人が手に入れた読売を、こっそり見ていたのだが……。

「たいした評判じゃないか」

なるほど、こうまで書きたてられては平田が気にするように、南町奉行所も放ってはおけないだろう。

「小塚原《こつかっぱら》の刑場で打ち首になったんですよね」

長吉が確かめると、

「江戸市中引きまわしの上、だったな」

大五郎は裸馬に乗せられて江戸市中を引きまわされ、小塚原の刑場で打ち首に処せられた。大五郎を見知っている者は多く、馬上の男を大五郎ではないと疑う者はなかった。

「だから、間違いなく大五郎は死んだんだよ」

「じゃあ、やっぱり幽霊になって、盗みを繰り返しているんですかね」

長吉は首をすくめた。

「幽霊なんかいるもんか」

寅太郎はさらりと言ってのけた。

「そんなことありませんよ。小塚原や鈴ヶ森《すずがもり》なんか、そりゃもう、気味悪いじゃございませんか。人魂《ひとだま》が出たり、獄門《ごくもん》になった首が泣いたり笑ったりしているのを見た者がいますぜ」

もっともらしい顔で長吉は言った。

太い眉に彫りの深い顔が怯《おび》えに歪《ゆが》み、開いた襟からのぞく胸毛が心なしか震えている。

寅太郎は菊麻呂に、打ち首の様子を語った。

刑場で罪人の首を刎《は》ねるとき、罪人に、

——土壇場《どたんば》に転《ころ》がる石を嚙めたら、遺族の面倒はみてやる。

と声をかけることがある。

罪人の意識を石に向けることで、首を刎ねる役人への逆恨《さかうら》みを防ぐのだ。

「そんなことをしている臆病者もいるようだぜ」

寅太郎が言うと、

「それで、実際に石を嚙んだりするのですか」

菊麻呂が問いかけた。その顔は、怖い物見たさに満ちあふれている。

「たまに、あるんだってよ。ちょん切られた首が、がぶっと石を嚙むことがな」

やおら、寅太郎は箸《はし》でらっきょうをつまみ、がぶりと嚙んだ。

「寅さんは、打ち首の現場に立ち会ったことはあるのですか」

菊麻呂は真顔で問いかけた。

「ないな。だから、ちょん切られた首が、石を嚙んだのを見たことはないさ」

「大五郎は嚙んだのでしょうか」

「どうなんだろうな」

「もし、嚙んだのなら、怨念は石にこめられたでしょうから、化けて出ませんよね」

「理屈はそうだな」

やりとりがめんどくさくなったのか、寅太郎は生返事である。

「大五郎に身内はいたのでしょうか。つまり、役人に面倒をみてもらいたい身内がいたのだとしたら、石を嚙んだかもしれませんね」

打ち首に関する奇怪な話に、菊麻呂はすっかりのめりこんでしまった。

「麻呂、打ち首の一件はどうだっていいんだよ。大五郎の騒動とは関係ないんだ」

寅太郎が指摘しても、菊麻呂はこだわり続け、

「自分が死んでのちに、気にかかる身内はいたのですか」

ふたたび問いかけた。

「知らねえよ」

言うことを聞かない菊麻呂に、寅太郎は不機嫌になってしまった。菊麻呂は寅太郎を怒らせたと気づき、

「麻呂は気に障《さわ》ることを申しましたか」

と、問いかけた。

「そんなことはないよ。気にするな」

十四の子ども相手に大人げないと感じたようで、寅太郎は笑顔を取り繕《つくろ》った。

強面《こわもて》には不似合いな表情である。安堵した菊麻呂は、

「もう一度聞きますが」と大五郎の身内について蒸し返そうとした。

寅太郎の笑みが引っこんだ。

あわてて長吉が口をはさむ。

「大五郎に家族はいなかったですよ。ただ、子分が何人かいましてね。噂によりますと、大五郎は大変な子分想いだったそうですぜ。拷問されようが、子分たちのことは、いっさい漏らさなかったそうです」

「すると、子分の行方はわからないのですから、役人に子分のことを託《たく》す必要はなかったのですね。では、大五郎の首は土壇場の石を嚙まなかった可能性が大きい、ということか」

こだわった首切り話に、菊麻呂は納得できたようだ。

ともかく、煩《わずら》わしさから逃《のが》れられ、

「幽霊は、見た者の心の中にいるだけさ」

ほっとしたように、寅太郎は達観《たっかん》した物言いをした。

「そうですかね」

と長吉は納得できない様子だ。

「では、幽霊でないとしたら、なんのために大五郎の幽霊を騙《かた》るのでしょう」

首をひねりながら、ふたたび菊麻呂が疑問を呈《てい》した。

「さてな」

いかにも関心がなさそうに、寅太郎は猪口《ちょこ》を傾《かたむ》けた。実際に、あまり興味はないのだろう。

「大五郎と寸分違わぬ手形が残されているそうですね」

長吉は寅太郎の関心を、幽霊大五郎の一件に戻そうとした。

「細工しているに決まっているだろう。たとえば、大五郎の手形そっくりの彫物を作り、それを捺《お》しているとか……ま、大五郎の手形を残すなんて手法は、いろいろ考えつくさ。麻呂が言ったように、なぜそんなことをするのかという理由のほうが問題だな……」

珍《めず》しくまともな意見を言い、寅太郎は酒の替わりを注文した。

女中が酒と肴《さかな》を運んできた。たちまち、寅太郎の目が細まる。湯気の立った鍋《なべ》の表面に、桜《さくら》が咲き乱れていた。

「これはなんですか」

興味津々に菊麻呂が問いかけた。

「麻呂、見聞を広めな」

寅太郎は前置きしてから、

「蛸《たこ》の桜煎《さくらいり》って言うんだ。薄く切った蛸を出汁《だし》、酒、醬油《しょうゆ》、砂糖で煮込んだ料理だよ。蛸の薄切りが桜に似ているんでな、そんな洒落《しゃれ》た名前がついているって寸法よ」

という説明を聞いてから長吉が、菊麻呂の分を小鉢《こばち》に取り分けた。

「荒長、おまえって奴は、やくざのくせにまめだな。だから、縄張りを広げられないんだよ。やくざだの博徒だのはな、他人への気遣いなんか無用なんだ。棒切《ぼうき》れ無宿人《むしゅくにん》でなきゃいけないんだよ」

寅太郎は長吉を褒《ほ》めたり、けなしたりした。

「棒切れ無宿とはなんですか。江戸の流行《はやり》言葉ですか」

菊麻呂は首を傾《かし》げた。

寅太郎が答える前に、

「傍若無人《ぼうじゃくぶじん》のことですよ」

長吉が寅太郎の間違いを指摘したが、

「そうとも言うな」

寅太郎は平然としたものだ。

すると菊麻呂が、

「傍若無人を棒切れ無宿とは申しません」

と、悪気なく寅太郎の間違いを指摘した。

「細かいことはいいんだよ。おれにとっては、棒切れ無宿なんだ。世の中がどうだろうと知ったことか」

反省するどころか、寅太郎は開き直った。

間違いを認めない寅太郎を不快がるどころか、菊麻呂は嬉しそうに、

「寅さんは、正真正銘の傍若無人ですね」

と、微笑んだ。

長吉は、「どうぞ」と菊麻呂に勧めた。

小皿に蛸と出汁をすくい、ふうふう吹いてまずは汁を味見する。甘辛《あまから》いうえに、ほんのりと蛸の風味がした。

蛸を食べる。固からず、かといってやわらかに煮込みすぎない絶妙な食感だ。噛むと甘味が、じわっと舌をとろかしてくれる。

言葉を発するのももどかしく、菊麻呂は蛸を心ゆくまで堪能《たんのう》した。

三

明くる六日、菊麻呂は寅太郎の町廻りに同行し、蔵前《くらまえ》にやってきた。ずらりと幕府の御米蔵《おこめぐら》が並んでいる。

「ここにな、公儀《こうぎ》の領地《りょうち》から取れた米が集まるんだ」

寅太郎に教えられ、菊麻呂は見まわした。米蔵がずらりと並ぶさまは、じつに壮観《そうかん》だ。

寅太郎が説明してくれた。

御米蔵は浅草《あさくさ》、大川《おおかわ》の右岸に沿って埋めたてられた、三万六千六百五十坪の土地にある。北から一番堀《いちばんぼり》より八番堀《はちばんぼり》まで舟入り堀が櫛《くし》の歯状に並び、五十四棟二百七十戸の蔵があった。

「お米をお金に換える仕組みを教えてください」

かねてより抱いていた素朴《そぼく》な疑問である。公家も武家と同じく、領地内から収穫される年貢米で暮らしている。

食べる分をのぞき、銭金に換えて生活の糧《かて》としているのだ。家宰《かさい》に任せているため、米を銭金に換える過程を菊麻呂は知らない。

「おれは三十俵二人扶持《にんぶち》の御家人《ごけにん》の身分だ。公方さまに御目見《おめみ》えできない下っ端《したっぱ》だがな、幕臣のはしくれには違いない。米と銭金のからくりくらいは教えられるぜ」

嫌がることなく寅太郎は、菊麻呂の問いかけに答えてくれた。

「米は年三回に分けて受け取るんだ。如月《きさらぎ》、皐月《さつき》、神無月《かんなづき》だな。支給日には旗本、御家人といった幕臣たちのほか、米問屋《こめどんや》、米仲買人《こめなかがいにん》や運送に携《たずさ》わる者で、蔵前はごった返すぜ」

寅太郎は、蔵前の周辺を見まわした。

幕臣たちは支給日の当日、自分たちが受領する米量や組番《くみばん》、氏名などが記された米切手《こめきって》を御蔵役所《おくらやくしょ》に提出する。入り口付近に大きな藁束《わらたば》の棒が立ててあり、手形を竹串にはさんでおいて順番を待った。

これを「差《さ》し札《ふだ》」と呼ぶ。幕臣たちは支給の呼びだしがあるまで、近くの茶屋《ちゃや》などで休んでいた。

「だが、待つってのも、こりゃいろいろ面倒《めんどう》でな。それで、札差《ふださし》という商売が生まれたんだ。札差っていうのは、幕臣たちに代わって俸禄米《ほうろくまい》を受領して米問屋に売却するまでの手間《てま》一切《いっさい》を請け負う商いだ」

札差たちは米の支給日が近づくと、出入り先の旗本《はたもと》や御家人の屋敷をまわり、おのおのの切米《きりまい》手形をあずかる。

そして御蔵から米が渡されると、当日の米相場で現金化し、手数料を差し引いた残りの金を屋敷に届ける。

江戸開府から時代を経るにつれ、幕臣たちの暮らしは困窮《こんきゅう》した。なにせ、収入は決められている。なんらかの役に就いていないかぎり、父祖伝来の固定した家禄のみである。そのくせ、物価はあがるし、なにかと出費は多い。

そこで幕臣たちは、蔵米を担保《たんぽ》にして金を借りるようになった。

その際、借入先として都合がよかったのが、札差である。自分の屋敷に出入りしている札差に借金をし、札差は蔵米の支給日に売却して得た金から、手数料と借金の元利を差し引いて屋敷に届ける。

札差はこうして、金融業者としての性格を強めた。

「札差連中はな、おれたち幕臣の甘い汁を吸って大きくなりやがった。贅沢三昧《ぜいたくざんまい》の暮らしをしているんだよ」

憎々《にくにく》しげに、寅太郎は吐き捨てた。

実際、明和から天明にかけて、江戸に盛名を轟《とどろ》かせた通人の多くが札差だった。彼らは十八大通《じゅうはちだいつう》と呼ばれ、財力にものを言わせ江戸の町を闊歩《かっぽ》した。

「さて、ここだ」

ふたりは、とある建物の前に着いた。

寅太郎から聞くところによると、札差の越後屋《えちごや》であるという。

「彦右衛門《ひこえもん》、いるか」

寅太郎が声をかけると、すぐに中年の男が近寄ってきた。かつての十八大通のように、本多髷《ほんだまげ》を結い、膝《ひざ》まである長羽織を重ねている。下膨《しもぶく》れの顔、突き出た腹が、金に飽かせた暴飲暴食《ぼういんぼうしょく》ぶりを物語っていた。

「鬼寅の旦那《だんな》かい。またぞろ、金をせびりに来なすったのか」

言葉とは裏腹《うらはら》に、彦右衛門は寅太郎を歓迎しているかのようだ。それを裏づけるように、客間に通してくれた。

広々とした座敷で、毛氈《もうせん》が敷かれ、西洋机《せいようづくえ》と椅子《いす》が置かれている。床の間を飾るのは掛け軸ではなく、西洋の美人画と青磁《せいじ》の壺《つぼ》。

壁際の陳列台には西洋鎧《せいようよろい》、西洋の酒器、王冠《おうかん》、はたまた、白磁《はくじ》の壺、さらには煌《きら》びやかな装飾が施された日本の刀剣が飾ってある。

「麻呂、趣味が悪いだろう。ほんと、これだから金の亡者《もうじゃ》ってのは、始末に負えないんだよ。粋《いき》がっていやがるが、野暮《やぼ》まるだしだ」

寅太郎は露骨《ろこつ》にくさした。

だが、彦右衛門は腹も立てず、にんまりとした。

「その悪趣味な金の亡者から銭金をせびり取るのが、鬼寅の旦那じゃござんせんかね」

「おいおい、親戚の前で人聞きの悪いことを言うな。おれは、おまえの役に立って、その対価を得ているんだ。言いがかりをつけにくるやくざたちを追っ払ったり、用心棒《ようじんぼう》をしてやる正当な手間賃《てまちん》だよ」

胸を張って返し、菊麻呂を遠い親戚で、江戸に出向いてきた京の神主であり、親切心で見物に連れ歩いていると紹介した。

彦右衛門は疑いもせず、いや、菊麻呂の素性には無関心で、

「旦那、ひょっとして幽霊大五郎の件でいらしたんですか」

と、問いかけた。

「察しがいいな。おまえ、大五郎の恨みを買ったものな」

思いもかけない寅太郎の言葉に、菊麻呂は思わず耳をそばだてた。

「あたしは、大五郎を野次《やじ》り倒してやったからね」

数年前のこと、富岡八幡宮《とみおかはちまんぐう》でおこなわれた勧進相撲《かんじんずもう》において、大五郎は順調に勝ち進んでいた。

「あたしは大五郎が嫌いでね。それで、あたしは連れていったみんなで、さんざんにやじり倒したんだ。そうしたら大五郎の奴、顔を真っ赤にしてね」

それが災《わざわ》いしてか、大五郎はいかにも取り乱して、その後の取り組みで負けてしまった。土俵《どひょう》をおりた大五郎を、さらに彦右衛門たちはくさした。

「そうしたら、大五郎、あたしにつかみかかってきたんだ」

場内は騒然となった。

「それで、大五郎は追放さ」

それをきっかけに、大五郎は力士を廃業した。いわば、彦右衛門は大五郎にとっては仇《かたき》だ。彦右衛門に野次られなければ、力士を続けることができ、大関にまで出世できたかもしれないのだ。

少なくとも、盗人に身を持ち崩すことはなかったと恨んでいるのではないか。

「大五郎、獄門になったんでしょう」

彦右衛門は顔をしかめた。

「ああ、間違いない」

寅太郎はうなずく。

「しかし、このところの騒ぎはどうなんですか。大五郎は生き返って盗みを働いているらしいじゃないですか。南町も鬼寅の旦那も、幽霊相手じゃ手も足も出ませんか」

「大五郎が生き返るもんか。読売がおもしろおかしく書きたてているだけさ」

寅太郎は舌打ちをした。

「じゃあ、大五郎の幽霊は嘘だというんですね」

彦右衛門の目は、酔っているかのように混濁《こんだく》した。

「嘘もこんこんちきだ。仮に大五郎が幽霊になって出てきたとしても、おれが退治してやるさ」

「鬼寅の旦那なら、勝てるかもね」

彦右衛門がおかしげに肩を揺すったところで、手代が文を届けてきた。

「北国《ほっこく》からだな」

彦右衛門は差出人を見た。

北とは吉原《よしわら》の隠語、ちなみに品川《しながわ》は南国《なんごく》と呼ばれた。吉原の太夫《たゆう》から恋文……

というか、つまりは来訪をうながす文が届いたようだ。

寅太郎が菊麻呂にそっと教える横で、彦右衛門はめんどくさそうに文を受け取ると、書面を広げた。途端に顔がしかめられる。

「どうした」

彦右衛門は真っ蒼《さお》になった顔を歪ませながら、

「大五郎からだよ」

「本当ですか」

菊麻呂も口をあんぐりとさせた。

「大五郎が近々、うちに盗みに入るとさ」

声を放って笑った彦右衛門だったが、目は笑っていない。頬も引きつり、いかにも虚勢《きよせい》を張っていた。

「失礼ですが、その文、見せてはくれませぬか」

菊麻呂が申し出た。

笑顔を引っこめ、彦右衛門は文を手渡した。

——恨みを晴らす。おまえの命と財産を奪い取るぞ。大五郎。

と記され、別紙に手形が捺してあった。

「誰かの悪戯《いたずら》に決まっているさ。性根の悪いおまえを恨んでいる者は、大勢いるだろうからな。気にするな」

励ましにしては辛辣《しんらつ》な言葉を、寅太郎は投げかけた。

「本物の手形ですよ。間違いなく大五郎が捺したもんだ」

彦右衛門は静かに告げた。

次いで、

「あたしは、仲違《なかたが》いするまでは大五郎の贔屓《ひいき》だった。何枚も手形を捺させたんだ。だから、間違いない。これは、大五郎の手形だよ」

「じゃあ、大五郎は生き返ったのですか」

菊麻呂は首を傾げた。

「生きてはいませんよ、神主さん。小塚原の刑場の露《つゆ》となったんだから。だから、幽霊ってことですよ」

彦右衛門は菊麻呂から文を受け取り、くしゃくしゃに丸めた。

寅太郎は笑い飛ばそうとしたが、彦右衛門の真剣な顔を見たら茶化すことはできないと気が差したのだろう。黙りこんでしまった。

重苦しい空気が流れた。

ややあって彦右衛門はふっと顔をあげ、

「大五郎、来るなら来ればいい。あたしは負けやしない。幽霊退治をしてやろうじゃないか」

と、強気の姿勢に転じた。

「その意気だ。おれが用心棒を引き受ける。ただし、相手は幽霊だ。ちと弾《はず》んでもらうぜ」

寅太郎は胸を張った。

「やっぱりね、そう出ると思いましたよ。でもね、今回ばかりは鬼寅の旦那にだけは頼りませんぜ。いや、なにもあんたの腕を信用しないんじゃない。相手が幽霊じゃ、八丁堀の旦那よりあてになるご仁《じん》がいるってことです。悪く思わないでくださいな」

「いや、まあそれはいいが、いったい……」

「大五郎の幽霊騒ぎを聞いた途端、嫌な予感がしてましてね。こんなこともあろうかと、お声をかけていたのです。ちょうどよかった」

彦右衛門が語ったところで、廊下を踏みしめる足音が近づいてきた。

「おいでなすった」

頭には頭巾《ときん》、白の鈴懸《すずかけ》の法衣《ほうえ》を身に着け、首から結《ゆ》い袈裟《げさ》と法螺貝《ほらがい》をぶらさげて、錫杖《しゃくじょう》を持っていた。どこから見ても山伏《やまぶし》だ。

「往生坊《おうじょうぼう》と申す、修験者《しゅげんじゃ》である」

往生坊は錫杖を畳に置き、どっかとあぐらをかいた。呆気《あっけ》に取られる菊麻呂と寅太郎に、

「往生坊先生は古今《ここんむ》無双《そう》の修験者。ありがたい法力《ほうりき》を有しておられ、大五郎の幽霊なんぞ、あっという間に退治してしまわれる」

彦右衛門に紹介され、往生坊はなにやら呪文を唱《とな》えはじめた。

だが菊麻呂の目には、いかにも胡散《うさん》くさい男に映《うつ》った。

かたや彦右衛門は、往生坊によほどの信頼を寄せているようで、ありがたやありがたやと往生坊を拝《おが》んだ。

異様な空気が漂《ただよ》うなか、やおら、往生坊は立ちあがって錫杖を上下に揺さぶった。鋭い金属音が走り、

「大五郎の怨霊退散せよ！」

と怒鳴り、次いで、法螺貝を吹き鳴らした。寅太郎は顔をしかめ、指で耳の穴を塞《ふさ》ぐ。菊麻呂は、往生坊の一挙手一投足《いっきょしゅいっとうそく》を見つめた。

ほどなくして法螺貝を吹き終えた往生坊は座敷を見まわし、彦右衛門に一瞥《いちべつ》をくれると、悠然《ゆうぜん》とした足取りで出ていった。

重苦しい空気が流れたが、彦右衛門は、ほっとしたように笑みを浮かべた。

「……なんだ、ありゃ」

寅太郎がぽつりとつぶやいた。

あの山伏、きっと腹に黒いものを隠しているに違いない、と菊麻呂は思った。

四

その足で菊麻呂は寅太郎に連れられ、大五郎が入れられていた小伝馬町《こでんまちょう》の牢屋敷《ろうやしき》を訪れた。

「麻呂、ここが泣く子も黙る牢屋敷だ」

表門口五十二間二尺五寸、奥行五十間、坪数二千六百七十七坪で、おおむね一町四方の四角な造りとなっている。

表門は西南に面した一辺の真ん中に設《もう》けられ、鉄砲町《てっぽうちょう》の通りに向かっていて、裏門はその反対、小伝馬町二丁目の横町に向かっていた。

つまり、町人地のなかに設けられているのだ。といっても、周囲は忍び返しがついた高さ七尺八寸の練塀《ねりべい》で巡らされ、その外側をさらに堀で囲んであった。

菊麻呂は牢屋敷の迫力に圧倒され、しばし見入ってしまった。

寅太郎に牢屋敷の歴史を聞いたが、あやふやな答えしか返ってこなかった。後日、荒夷の長吉から教わった歴史は、以下のとおりである。

元来、江戸における牢屋敷は、徳川家康《とくがわいえやす》が関東に入国した天正年間に常盤橋《ときわばし》御門外の町年寄《まちとしより》、奈良屋市右衛門《ならやいちえもん》と金座《きんざ》の後藤庄三郎《ごとうしょうざぶろう》の屋敷に設けられた。

その後、慶長年間になって小伝馬町に移された。

囚獄《しゅうごく》、すなわち牢屋奉行《ろうやぶぎょう》は、代々、石出帯刀《いしでたてわき》を名乗って世襲している。

配下には同心と下男《げなん》がおり、同心は当初四十人だったが、次第に増員され、この時期、五十八人が勤務していた。

同心の役目は、鍵役《かぎやく》、小頭《こがしら》、世話役、打役《うちやく》、物書所詰、数役《かずやく》、平番、物書役、賄《まいない》役、勘定役、牢番に別れ、鍵役のみが四十俵四人扶持で、その他の同心は二十俵二人扶持が支給される。

ちなみに、南北町奉行所の同心は三十俵二人扶持である。

「寅さん、牢屋敷の囚人は町人だけなのですか」

この問いかけには、さすがに寅太郎も答えられた。

「町人ばかりじゃないぜ。武士や百姓、それに坊さん、もちろん麻呂が騙《かた》ってい

る神主だって罪を犯せば入れられる。男ばかりじゃない。女だってぶちこまれる

さ。もっとも、身分と男か女かで、入れられる牢獄は違っているがな。大五郎が

入れられていた牢獄の囚人は町人ばかりだが、いちばん大きくて大牢《たいろう》と呼ばれて

いるんだ。さあ、行くぜ」

寅太郎にうながされ、菊麻呂は牢屋敷に足を向けた。

「どうしてお酒を買い求めたのですか」

菊麻呂が疑問を呈したように、寅太郎は途中の酒屋で五合徳利《ごごうどっくり》を二本買い求め

ていた。

「囚人の話を聞くうえで役に立つのさ。ま、見てろ」

寅太郎は鼻歌を口ずさんだ。

大牢には、囚人たちのまとめ役である牢名主《ろうなぬし》がいる。

いまは権蔵《ごんぞう》という盗賊で、昨年、寅太郎に捕縛された。腕力と肝《きも》が据《す》わってい

ること、人殺しをしていないことから、牢名主に適していると判断され、小伝馬町の大牢に入れられたのだった。

山のように積まれた畳の上で権蔵はあぐらをかき、手下のような囚人たちが肩や両腕を揉《も》みほぐしている。

寅太郎を見ると、大きく伸びをしてから畳をおり、格子《こうし》までやってきた。

顔じゅうが髭《ひげ》で覆《おお》われ、他の囚人たちが粗末《そまつ》なお仕着せ姿のところ、権蔵のみは小ざっぱりとした紺《こん》色の小袖を着ていた。

「鬼寅の旦那、ひさしぶりだな」

胸を掻き掻き、権蔵は聞いてきた。

寅太郎は、五合徳利をふたつ牢役人に渡した。

「すまねえな」

権蔵は礼を言い、菊麻呂に視線を向けた。寅太郎はいつもの紹介をした。

「へ～え、鬼寅の旦那の血筋とは思えないな。なんだか高貴な顔立ちをしていらっしゃるぜ」

菊麻呂と寅太郎の顔を、権蔵は交互に見くらべた。

「見損《みそこ》なうな。おれの先祖をたどれば、光源氏《ひかるげんじ》にぶちあたるんだぜ」

寅太郎は強面《こわもて》をやわらかにしたが、品性は高まらない。

「光源氏は物語上の人間だぜ」

苦笑する権蔵を無視し、寅太郎は表情を引きしめた。

「関取大五郎について聞きたいんだ」

「ああ、いま評判を呼んでいるんだろう」

権蔵は生あくびを漏らした。

「どう思う」

寅太郎が問いかけると、

「誰かが悪ふざけをしているに決まっているさ」

権蔵は即答した。

「ここにいた大五郎は本物だったよな」

「正真正銘の相撲取りだったことは間違いねえ。しかも、人気の相撲取りとあって、囚人たちの間でも評判がよかったな」

誰もいじめようとはしなかったという。

「いじめと言うと」

菊麻呂は興味を引かれた。

「神主さんが、こういう不浄《ふじよう》な場所をご存じないのは無理もないな。牢獄ってのはね、地獄《じごく》の沙汰《さた》も金次第なんだ。牢獄に入れられる際、牢役人やおれのような牢名主に渡す銭金で、暮らしが変わる。はっきり言って、文無《もんな》しで入ってくりゃ乱暴に扱われるし、金を払っても生意気な野郎はむごい扱いを受けるんだ。大五郎は力士だけあって腕っぷしは強かったし、愛嬌《あいきよう》があったから、みんなから好かれたよ」

権蔵の説明を受け、菊麻呂は納得した。

「麻呂、またひとつ見聞が広まったな」

寅太郎がにこりとすると、権蔵は続けた。

「あいつは腹を括《くく》っていたな。自分が打ち首になることを受け入れていたぜ。だから、幽霊になんかならねえ。幽霊になるなんて野郎は、この世に未練《みれん》がある連中だからな」

権蔵の物言いは、まことにきっぱりとしたものだった。

「だから、いま出てるって大五郎の幽霊は、偽者ってことよ」

権蔵は明確に結論づけた。すると、何者かがなんらかの意図《いと》を持って騙《かた》っているということだ。菊麻呂の好奇心が、おおいに刺激された。

大牢を出ると、ひとりの侍と行きあった。侍は、黒紋付《くろもんつき》に仙台平《せんだいひら》の袴といった、見るからにどこかの大名家の家臣といった風である。

男は寅太郎を牢役人と思ったようで、

「拙者、奥州《おうしゅう》喜多方藩、大迫備前守《おおさこびぜんのかみ》さま家来、今井伝四郎《いまいでんしろう》と申す」

今井は大迫家の江戸藩邸に勤め、留守居役《るすいやく》の大任《たいにん》を担《にな》っているという。喜多方藩は二十万石、歴代藩主は従四位下《じゅしいげ》侍従《じじゅう》の官位を持ち、国持格《くにもちかく》の家格を誇る外様《とざま》の雄藩だった。

「おれは牢役人じゃ……」

と、寅太郎が素性を明かそうとしたところで、

「今井さま、大五郎の一件ですね。お話を受け賜《たま》わりますよ」

菊麻呂が口を出した。

寅太郎は戸惑《とまど》った。今井も若い神主に問われ、困惑している。

「大五郎は、喜多方藩のお抱え力士でしたものね」

菊麻呂が言うと、寅太郎は「ああ、そうだったな」と思いだしたようだ。

「大五郎の幽霊が出没しているんで、わたしがお祓《はら》いに呼ばれたんです。今井さ

ま、よろしかったら、大五郎についてお話しください。そのほうが、お祓いの効き目がありますから」

もっともらしい理由をつけ、菊麻呂は今井に軽く頭をさげた。麻呂、機転が利くじゃないか、と寅太郎は小声でつぶやいた。

「お察しのように、大五郎のことでござる」

今井は一礼すると、

「大五郎は当家のお抱えであったため、殿におかれても、大変に気にかけておられる」

今井によると、藩主の大迫備前守昌親《まさちか》は大変な相撲好きで、大五郎をたいそうかわいがっていた。

大五郎はもともと喜多方の造り酒屋の息子で、昔から力が強く、あるとき鎮守《ちんじゅ》の社《やしろ》で開催された村相撲で優勝した。

その隆々《りゅうりゅう》とした体格に、たまたま領内を巡検中であった昌親が惚《ほ》れこみ、江戸に連れていって力士修行をさせたのだという。

「大関間違いなし、という逸材《いつざい》であったのだが、残念なことに」

悔《く》やんでも悔やみきれない、と今井はいう。

「わしもあの場におってな」

今井は、大五郎が札差の彦右衛門一派にさんざん罵倒されるのを見たという。富岡八幡宮の境内《けいだい》で開催された相撲である。相撲観戦の場には、大名は行くことはできない。

家臣たちが、結果を藩邸に知らせる。今井はその見届け役であった。

「相手は同じ関取の木曽之花源右衛門《きそのはなげんえもん》。御三家水戸《ごさんけみと》さまのお抱えであった。好勝負を期待したのだがな、大五郎はあの日、いきりたっておった。そこへ、心無い罵声を浴びせられて、すっかり本領を発揮できなくなってしまった」

それから大五郎は身を持ち崩《くず》し、やくざ者やごろつきとつるむようになった。賭場《とば》の用心棒をやったりしているうちに、悪い仲間を集め、盗みを働くようになった。

「みずからの犯行だと堂々《どうどう》と手形を残したということは、もしかすると、早く捕まえてくれという心境だったのでは……」

菊麻呂が推察すると
「そうかもしれん」

今井も暗い顔になった。それからおもむろに、

「ところで、大五郎であるが、なにか遺留品《いりゅうひん》はなかったかな」

これには菊麻呂も寅太郎も答えられない。

「そうだ、権蔵に聞いてみたらどうでしょう」

菊麻呂の提案に、よし、と寅太郎は大牢に向かった。

今井とふたりきりになり、間をもたせようと、菊麻呂は祝詞《のりと》を唱えはじめた。

今井は黙りこんだ。

ほどなくして、寅太郎が戻ってきて、

「どうやら身ひとつで入ってきたらしい。着物と財布と、それから松脂《まつやに》……関取であった頃の思い出があったんだろうな。鬢付油《びんつけあぶら》を持っていたらしい」

すると、

「さようか……」

今井の顔が困ったように曇《くも》った。

「どうしました」

すかさず、菊麻呂が問いかけた。

「思い出となるような品でもあれば、と思っていたのだ。罪人ゆえ表立ってのことではないが、わが殿はひそかに、大五郎を供養《くよう》しようとお考えでござる……」

なるほどそういうことか、と菊麻呂は得心した。

藩主の大迫昌親は昨今の幽霊大五郎騒ぎを耳にして、大五郎がきっと成仏できないでいると同情したのだろう。それで、丁重《ていちょう》に供養してやることで成仏させようと考えた。まこと、心優しい殿さまだ。

「残念だが、しかたあるまいな。では、かつて殿が大五郎に与えた浴衣《ゆかた》などを埋《まい》葬《そう》するか」

そこで寅太郎が確かめた。

「ええっと、たしか相手の水戸さまの木曽之花源右衛門は、その後、怪我をして引退したのでしたな」

「そうじゃった。あいつも素質のある力士で、大五郎とは好敵手となると思ったのだがな。ふたりとも大関にはなれずじまいだ」

今井は首を横に何度も振り、

「いや、本日はお手数をおかけした」

軽く頭をさげると立ち去っていった。

五

八丁堀の組屋敷に帰ってしばらくすると、門口に駕籠が止まった。日が暮れ、八丁堀界隈に人通りが少なくなった頃合いである。

女乗物《おんなのりもの》と呼ばれる螺鈿細工の豪華な駕籠で、たいていは大名の妻女が乗る。

ということは、

「寅さま～」

引き戸が開くと、鶴子が現れた。

次いで侍女を待たせて門口を入り、母屋《おもや》に到《いた》ると格子戸《こうしど》を開け、勝手に玄関に入りこんで、

「寅さま～」

もう一度、寅太郎に呼びかけた。

なにが起きたかと不審げな寅太郎がやってきて、

「こりゃ、近衛の姫さまじゃないか。こんなむさ苦しい不浄役人の屋敷なんぞに来たら、穢《けが》れるんじゃないかい」

と、語りかける。

「弟の顔を見に来たのですよ」

鶴子は玄関をあがり、今度は菊麻呂を呼びながら居間に入った。

「やれやれ、やんごとなき姫さまは、奔放《ほんぽう》だね」

寅太郎はくすりと笑った。


「なんでも、盗人の幽霊が出没しているのですってね。江戸では、幽霊が珍しくないのですか」

居間に座るなり、鶴子は大五郎の一件を持ちだした。

「都も江戸も、幽霊なんぞ出るもんか。噂話を本気にしないほうがいいぜ」

寅太郎は菊麻呂に、「そうだよな」と同意を求めた。

「姉上は、幽霊とか妖怪《ようかい》の類《たぐい》がお好きなのですよ」

菊麻呂の言葉に、鶴子はにっこり微笑んだ。

「さすが、姫さまはよい趣味をしていらっしゃるぜ」

という寅太郎の皮肉は、鶴子にはまったく通じない。

「それで、盗人の幽霊、どうなったのですか」

「おれはな、自宅には役目は持ちこまないんだ」

さらりと寅太郎はかわしたつもりだったが、

「まあ、ということは、幽霊盗人の一件、寅さまが担当していらっしゃるの。すてきやわ〜」

すてきという言葉は似つかわしくない、と菊麻呂は思ったが、京言葉を混じらせる鶴子の上機嫌ぶりに、指摘しないでおいた。

寅太郎の意図は藪蛇《やぶへび》となり、大五郎に対する鶴子の関心をかえって高めてしまったようだ。

すると、それを助長するような文が、彦右衛門から届いた。

文には、三日後の晩に、大五郎が越後屋に押し入り、彦右衛門の命と金銀財宝を残らず奪い取るという予告が記されていた。

菊麻呂に渡された文を鶴子がのぞきこみ、目を爛々《らんらん》と輝かせた。

「まあ、大変ですわね。でも、寅さまなら幽霊盗人をお縄にできるわよ」

「それにしても、盗み入る日を予告してくるとは、大五郎を騙る連中、ずいぶんと大胆ですね」

菊麻呂が言うと、

「騙っているんじゃないわよ。悪さを予告する人なんかいないわ」

幽霊に違いない、と鶴子は反論した。

菊麻呂も寅太郎も、鶴子を説得するのは無理だと思い、それ以上は問題にしなかった。

「これは大きな騒ぎになるでしょうね。絶好の読売ネタですよ。寅さまの評判も高まりますわ」

ますます鶴子は騒ぎたてた。

「姉上、今宵《こよい》は月がきれいですよ」

菊麻呂は縁側《えんがわ》に出た。

夜空に懸かる上弦《じょうげん》の月が、目にもあざやかだ。鶴子も居間を出ると、菊麻呂の隣に立ち、

「都も江戸も、月の美しさに変わりはないわな」

都を懐《なつ》かしむように、しみじみと述べたてた。

明くる日、南町奉行所の仮牢に、盗人が入れられた。

寅太郎が平田に何者か確かめると、

「あれは、幽霊大五郎の手下だった男なんだ」

平田の答えを受け、

「すると、今回の幽霊騒動と関係があるんだな」

「そう睨《にら》んで、取り調べにあたったのだが、なかなか口を割らない。なんとも、しぶとい男だ」

盗人の身体に残っていた拷問痕《ごうもんあと》が、平田の話を裏付けていた。

「どうしても吐かせたい」

「なんという奴だ」

「仙吉《せんきち》だ。口が堅いというか、ひとこともしゃべらない」

「大五郎の手下だったとは認めているのかい」

「それだけはな……まるで誇らしげにだ」

平田の顔から苦笑がこぼれた。

「幽霊大五郎が盗みに押し入ったのは、三軒だったな」

「両替商、酒問屋、米問屋……言っては悪いが、みな評判の悪い連中ばかりだ。だから、大五郎のやったことに町人は喝采《かっさい》を送っておる」

「今回の幽霊大五郎騒動、町人連中の大五郎が生きていてほしい、という願いがあと押ししているようだぜ」

「まったくな、口さがない連中の無責任な言動だ」

平田は苦虫を嚙んだような顔をした。

「札差の彦右衛門が、大五郎に狙われている」

そこで寅太郎は、彦右衛門への脅迫文の一件について語った。

「ほほう、なるほどな。彦右衛門も評判の悪い男だ。なにせ、柳橋《やなぎばし》の芸者を総揚げだとか、吉原で大盤振る舞いしたとか、派手な遊びぶりは庶民から見れば決して好ましいものではないだろう。わしら幕臣は、御公儀より米を支給されて暮らしが成り立っておるのだ、あいつらはその米で儲《もう》けて、さんざんに贅沢をしておる。許せぬな」

悪酔いしたかのように、平田がどす黒い顔になった。

「鬼塚、頼む。仙吉の口を割らせてくれ」

平田は頭をさげ、声を上ずらせながら頼んできた。

「拷問しても口を割らない男なんだろう。おれだって、手こずりそうだ」

「わしとおまえの仲だ。頼む」

なにが仲だという気持ちを、胸のうちに仕舞う。

「まあ、やってみるか」

善意と言うよりは、幽霊大五郎に対する興味から引き受けた。

「すまんな。明日の朝、小伝馬町の牢屋敷に送られる。昼からでも訪ねてくれ」

もう一度、平田はお辞儀をした。

六

明くる八日の朝、とんでも騒ぎが起きた。牢屋敷で仙吉が舌を嚙んだというのだ。菊麻呂と寅太郎が駆けつけると、すでに仙吉は事切れていた。

権蔵が無念そうに、唇を嚙みしめている。寅太郎と目が合うと、格子のそばまでやってきた。

「すまねえ。おれの油断だ」

権蔵は頭をさげた。

「様子を聞かせてくれ」

「今朝、起きたら、もう舌を嚙んでやがった」

要するに、なんの兆候《ちょうこう》もなかったのだという。

「覚悟の自害ということだな」

「そういうこった」

「あいつ、入獄してからなにか話をしていたか」

「おれんとこへ挨拶に来て、大五郎親分は生き返りなすったんですよ、この世で自分を貶《おとし》めた札差の彦右衛門に復讐するために……なんて、大真面目に言いやがった」

権蔵は呆《あき》れたように仙吉を見返したそうだ。

「それだけ言い残して死んでいったのか」

寅太郎は首をひねった。

南町奉行所の同心詰所に戻り、

「仙吉は、大五郎が生き返ったと言い残した。そのことを伝えるために、牢屋敷に入ったのかもな」

寅太郎は仙吉の自害を、平田に報告した。

「すると……やっぱり、大五郎の幽霊はいるのか」

平田の声は震えていた。

「そうかもな」

寅太郎は肯定してから、冗談、冗談とかぶりを振った。

「脅かすなよ」

自分は幽霊とか化け物はとくに苦手なんだ、と平田は先日に引き続き強調した。

「大五郎を騙る奴を、お縄にしようぜ」

寅太郎が言うと、

「それがな……」

平田は苦い表情を浮かべた。

「どうした」

「話しづらいのだが」

平田が言うには、越後屋彦右衛門が南町ではなく北町に、大五郎が盗みに入ると予告してきたことを訴え出たらしい。すでに北町が人数を出して、越後屋の周辺を警戒しているということだ。

「もとはと言えば、大五郎を捕えたのはわが南町。南町としては、意地でも大五郎を捕えたいのだがな」

平田は無念そうに唇を噛んだ。

盗み入ると大五郎が予告をした葉月十日、寅太郎と菊麻呂は越後屋を訪れた。北町奉行所が警固にあたっているため、あくまで私人として、彦右衛門の用心棒に雇われたという名目《めいもく》だ。

店の裏手に構えられた自宅は、生垣に囲まれた千坪ほどの敷地に檜造《ひのきづく》りの母屋、回遊式《かいゆうしき》の庭園に土蔵が建ち並んでいた。寅太郎のほかにも用心棒が五人、新造された板葺《いたぶき》屋根の番小屋《ばんごや》に詰めている。

ふたりは庭の東屋《あずまや》に招かれた。

「今日から明後日まで、北町奉行所が周囲を見張ってくれるんだ」

彦右衛門は言った。

「いっそ、江戸を離れたらどうだ。芸者、幇間《ほうかん》を引き連れて、お伊勢参《いせまい》りや上方見物にでもな。なんなら、用心棒として一緒に行ってやってもいいぞ。もちろん、飲み食いはおまえ持ち、加えて駄賃の五十両でもくれりゃあ、かまわねえぜ」

臆面《おくめん》もないずうずうしい寅太郎の申し出を、

「それはできないな」

彦右衛門はきっぱりと首を横に振る。

「駄賃は四十両でもいいぜ」

「銭金の問題じゃないよ。意地だ。あたしはね、明和、安永のころの十八大通を模範《もはん》としているんだ。大五郎の幽霊ごときに尻尾《しっぽ》を巻いたとあっては、十八大通の名がすたるぜ。それに、いま江戸中の耳目《じもく》があたしに集まっているんだよ。千両役者のような心持ちだ。逃げる手はないやね」

役者のように、彦右衛門は見得《みえ》を切った。

「意地を張って、後悔するなよ」

四十両を損したぜ、と寅太郎はぼやいた。

菊麻呂はくすりと笑った。

「鬼寅の旦那だって、八丁堀同心の意地ってもんがあるだろうさ。あたしを大五郎の幽霊から守ってくださいな」

彦右衛門は一転、愉快そうに言った。

この男、言葉だけでなく心の底から、大五郎の挑戦を喜んでいるようだ。それからおもむろに懐《ふところ》に手を入れると、一枚の読売を取りだした。

読売にはでかでかと、幽霊大五郎が恨みを晴らすため彦右衛門の家に盗み入る、とあった。

「読売で派手《はで》に書かれているんだ。受けてたたなければ男がすたるさ」

彦右衛門は、どうだと言わんばかりである。

「まるで芝居を見ているような気分ですね」

菊麻呂の言葉に、

「都にも、あたしの評判が聞こえるかもしれませんよ」

すっかりと彦右衛門は、人気役者気取りである。

そこへ、例の山伏、往生坊がやってきた。今日も自信たっぷりに、錫杖を手にしてなにやらわけのわからない呪文を唱えている。

「用心棒が家を固めておるが、お手を煩《わずら》わせることはない。わが呪法があれば、大五郎の怨霊など恐れるに足りず」

往生坊という男、凄《すさ》まじいばかりの自己顕示欲《じこけんじよく》である。きっとこの男も、この事件をきっかけに名を売りたい、そんな思惑があるのだろう。

彦右衛門と似た者同士ということか、と菊麻呂はふたりを交互に見た。

京の都でも、怪《あや》しげな祈禱師《きとうし》は珍しくはない。

平安のころより、加持《かじ》祈禱、調伏《ちょうぶく》、呪詛《じゅそ》の類《たぐい》は絶えまなく横行《おうこう》している。千年を超える都ならではの風習と思っていたので、都にくらべれば新興都市である江戸にも怪しげな呪術使いがいるとは驚きだった。

江戸だろうが京の都だろうが、人の心につけ入る連中はいるということか。

「往生坊先生と鬼寅の旦那がいてくれれば、百人力だね」

彦右衛門は余裕たっぷりだ。

そこへ奉公人が来客を伝えにきた。

「喜多方藩の……」

彦右衛門は怪訝《けげん》な顔をしたが、すぐにお通しして、と告げる。

やがて、羽織、袴の人品いやしからぬ武士が入ってきた。

「拙者、喜多方留守居役、今井伝四郎と申す」

今井が名乗ると、彦右衛門は丁寧に挨拶をした。さすがに外様雄藩の留守居には、彦右衛門も丁重な応対ぶりである。

今井は菊麻呂と寅太郎に気づいたが、黙っていた。

が、それも束《つか》の間のことで、訝《いぶか》しげな顔で菊麻呂と寅太郎に視線を注《そそ》いだ。

言いわけの言葉を考えていると、今井が見ているのは、背後に立つ往生坊のほうだとわかった。

往生坊を怪しげな山伏だと、不快に感じているようだ。往生坊には言葉をかけることなく、今井は東屋の腰掛《こしかけ》に腰をおろし、彦右衛門と向かいあった。

「本日、まかり越したのは、大五郎のことである」

今井は切りだした。

「大五郎がいかにされたのですか」

伝法《でんぽう》な物言いを封印し、彦右衛門は問い直した。

「そなたも存じておると思うが、大五郎は当家の抱え力士であった。いわば、そなたとの因縁《いんねん》で、大五郎は力士を廃業に追いこまれた。よって、当家としては大五郎の供養をし、怨霊となった大五郎の霊を慰《なぐさ》めたいと思う。ついては、そなたもいくばくかの供養料を出す気はないか」

今井の用件が金の無心《むしん》とわかり、

「供養……」

露骨《ろこつ》に顔を歪《ゆが》め、彦右衛門はおおげさに首を振った。

「供養することで、そなたに取り憑《つ》いた大五郎の怨霊から、おまえ自身を守ることができよう」

当然のように、今井は言い添えた。

「そりゃ、おかしいですぜ」

我慢できなくなったのか、彦右衛門は声をあげて笑った。

「なにがおかしいのだ」

今井は気色《けしき》ばむ。

「あたしは、大五郎の怨霊など恐れておりません」

彦右衛門は往生坊を見る。

「いかにも。大五郎の怨霊など恐れるに足りずだ」

往生坊が言い放った。

「おのれ、喜多方藩を愚弄《ぐろう》するか」

「喜多方さまこそ、この天下の十八大通、彦右衛門を愚弄なさるか」

両目をむき、彦右衛門は芝居がかったような態度に出た。

「思いあがった奴め、吠《ほ》え面《づら》をかくなよ」

「大五郎の幽霊などという得体の知れないもののために、評判を落とすようなことはなされますな。外様の雄藩の看板を汚さぬように」

彦右衛門は負けじと言い放つ。

「そなたの腹のうち、よくわかった」

今井は乱暴に立ちあがり、そのまま足早に立ち去る。

その背中を見送りながら、

「なにが喜多方藩だ。国持格だろうが、しょせんは田舎《いなか》大名じゃないか。十八大通の心意気を見せてやるぜ」

むきになった彦右衛門を煽《あお》るように、往生坊が、そうだ、そうだ、と繰り返した。

菊麻呂は、なにか危うさを感じた。

このままではすまないような気がしたのだ。

七

暗闇に高張提灯《たかはりぢょうちん》が掲《かか》げられ、篝火《かがりび》が夜空を焦《こ》がしている。

なかはものものしい警護と思いきや、にぎにぎしい音曲と嬌声《きょうせい》があがっていた。

舞台がしつらえてあり、派手な着物に身を包《つつ》んだ大勢の女が、三味線《しゃみせん》太鼓《だいこ》に合わせて踊っている。舞台の前には桟敷席《さじきせき》が設けてあって、彦右衛門は女を侍《はべ》らせて酒を飲んでいた。

寅太郎もちゃっかり宴《うたげ》に加わり、菊麻呂も一緒にいた。

そこへ、往生坊が姿を現した。

「準備が整いましたぞ」

彦右衛門がニヤリとする。

菊麻呂と寅太郎が訝《いぶか》しんでいると、往生坊は一通の書状を見せた。今朝、大五郎から彦右衛門に届けられたのだという。

大五郎は、夜九つ、御堂に現れるとあった。

「御堂……」

菊麻呂が発した疑問に、彦右衛門が答えた。

「代々にわたって残っている、古めかしい建物だよ」

そういえば、庭の片隅《かたすみ》にそんな建物があった。そこに大五郎が現れるとは、いったいどういうことか。

「あたしも籠《こも》るからね。幽霊大五郎が現れるのなら、やっつけてやろうじゃないか」

彦右衛門は往生坊とともに、母屋の裏手へと向かった。

「わたしたちも行きましょう」

菊麻呂は寅太郎をうながす。

飲酒の邪魔をされ、寅太郎は嫌な顔をした。

「寅さん、用心棒でしょう」

「……まあ、麻呂の頼みとあってはしょうがない。行ってやるか」

恩着せがましく言って立ちあがったが、彦右衛門の用心棒だという自覚がまったくないところが、いかにも寅太郎らしい。


母屋の裏手には、古びた御堂が建っていた。彦右衛門と往生坊は、階《きざはし》をのぼって濡《ぬ》れ縁《えん》を進み、観音扉《かんのんとびら》を開いて中に入った。

菊麻呂と寅太郎も濡れ縁に立ったが、往生坊から立ち入りを禁じられ、

「こんな陰気くさい場なんか入りたくもないさ」

寅太郎はうそぶき、これ幸いと立ち去ろうとした。

が、菊麻呂は動かない。御堂の中に、好奇の視線を注いでいる。

板敷が広がり、護摩壇《ごまだん》が設けてあった。

護摩壇には赤々と火が焚《た》かれ、御堂の中を照らしている。八畳ほどの殺風景な空間が広がるばかりだが、木々が爆《は》ぜる音と炎の揺らめきが、神秘的な雰囲気を醸《かも》しだしていた。

往生坊にうながされ、彦右衛門が護摩壇の前に座る。長羽織を脱ぎ、腰には鮫《さめ》鞘《さや》の脇差《わきざし》を帯びていた。そこで往生坊は、観音扉をぴしゃりと閉めた。

ここに至って、菊麻呂は階をおりた。あわてて寅太郎も続く。

御堂から朗々《ろうろう》とした呪文を唱える声が聞こえた。

菊麻呂は立ち尽くした。

「麻呂、こんなところに居てもしかたないぞ。それより、美味い酒を……麻呂は料理を楽しもうじゃないか」

寅太郎は、菊麻呂の狩衣の袖を引っ張った。それをやんわりと解き、

「寅さんは飲食を楽しんでください。わたしはお腹が空いていませんから、もう少しここに居ます」

菊麻呂は御堂を見あげた。

「しょうがねえな。おれも付き合ってやるよ。関白さまの見聞広めにな」

恩着せがましく、寅太郎は菊麻呂の横に立った。

四半時が過ぎたころ、御堂から往生坊のみが出てきた。

「彦右衛門さんは……」

菊麻呂が問いかけると、往生坊が横柄《おうへい》に返す。

「大五郎が予告してまいったのは、夜九つ。それまでここに籠られる」

「では、わたしも籠ります」

菊麻呂が申し出ると、往生坊は強い調子で、

「ならん！」

と、一喝《いっかつ》した。

彦右衛門はあくまでひとりで、大五郎と戦うという。無茶《むちゃ》だと菊麻呂は危惧《きぐ》したが、どうせ幽霊など現れはしないという思いもあった。

それゆえ、あえて中には足を踏み入れることはなく、御堂の前に立つ。

用心棒たちが、御堂のまわりを取り巻いた。

往生坊は階をあがり、閉じられた観音扉の前に座って呪文を唱えはじめた。周囲に篝火が焚かれ、なにやら玄妙《げんみょう》な雰囲気だ。

「あの山伏、なにをやらかすつもりだ」

と、寅太郎が目を凝《こ》らした。強面《こわもて》が引きしまり、悪党面《あくとうづら》となった。

「大五郎は今晩中に、彦右衛門の命と財産を奪うと書いてきました。往生坊が彦右衛門を御堂に籠らせたのは、そのことと関係があるのかもしれませんね」

菊麻呂の推察に、

「きっとそうだ」

たいして考えもせず、寅太郎は賛同した。

次いで、

「それにしても、焦れったいな。ここで指をくわえて待っているというのは」

と、地団駄《じだんだ》を踏んだ。

夜九つを告げる鐘の音が鳴った。

「ふん、出ないじゃないか。幽霊がはったりをかましたか」

寅太郎が苦笑したとき、

「ひえ！」

夜空をつんざく悲鳴が聞こえた。

八

すぐに菊麻呂と寅太郎は階をのぼろうとしたが、往生坊がふたりの前に立ちはだかり、両手を広げた。

「ならん。いま彦右衛門殿は、大五郎と戦っておるのだ」

「馬鹿なことを言うな！」

寅太郎は往生坊を押しのけてあがろうとしたが、

「おのれ、大五郎！」

彦右衛門の声が聞こえた。

次いで、激しく争う音がする。菊麻呂と寅太郎は思わず立ち尽くした。しばらく言い争う声が続いたあと、突然に途絶えた。

なにかが倒れる音がした。

「終わったようじゃ」

往生坊は、ゆっくりと階をあがる。すかさず、菊麻呂と寅太郎も続いた。

往生坊が観音扉を開ける。

なんと、中では彦右衛門が倒れていた。

ただ倒れているのではなく、胸には短刀が突き立っている。

往生坊が駆け寄り、かたわらにかがみこんだ。短刀は心臓を突き刺し、それが栓《せん》の役割を果たしているらしく血は流れ出ていない。

あわただしく、用心棒たちが入ってきた。彼らは唖然《あぜん》となって立ち尽くした。

菊麻呂は御堂内を見まわした。床に彦右衛門の長羽織がたたんで置いてあるだけで、がらんとしている。

「おまえら、ぼっと突っ立ってないで、下手人を探せ！」

寅太郎が用心棒たちを怒鳴る。弾かれたように、彼らは出ていった。

視線を向けると、往生坊は首を横に振り、彦右衛門が息絶えていることを告げた。菊麻呂が亡骸《なきがら》に歩み寄ろうとしたが、

「曲者《くせもの》！」

という声が聞こえた。

「裏手だ」

往生坊が言う。

寅太郎は御堂を飛びだした。菊麻呂もあとを追おうとしたが、

「麻呂はここにいろ」

寅太郎に強く言われ、御堂の外で待機した。

そのころ、南町奉行所筆頭同心、平田凡太郎は捕方《とりかた》を率《ひき》いて、越後屋の近くにやってきていた。彦右衛門は北町に警固を依頼したが、大五郎を捕縛したのは南

町だ。幽霊を騙る者も、できれば南町でお縄にしたい。

そんな思いから捕方を連れてきたのだが、さすがに越後屋の中に入るのは憚《はばか》られ、こうして周辺を警戒しているのだった。

御堂の騒ぎに、平田は捕方たちと顔を見あわせた。

「何事だ」

疑問を口に出したところで、人影が殺到《さっとう》してくる。御用提灯《ごようぢょうちん》を向けられ、「御用だ！」

怒鳴り声を浴びせられた。平田が気を取り直し、

「わしは、南町の平田凡太郎じゃ」

北町奉行所の捕方が戸惑っているところへ、寅太郎がやってきた。

「なんだ、平田さんか」

寅太郎は苦笑を浮かべ、御堂の中で彦右衛門が殺されたことを話した。

平田が両目を大きく見開く。北町の捕方は、下手人を探そうと夜陰《やいん》を駆けていった。

「なにを愚図愚図《ぐずぐず》しておる。そなたらも下手人を探索しろ」

平田が命じると、南町の捕方もほうぼうに散っていった。

「探索しても無駄かもしれんぞ。現場の目の前にいたが、誰も御堂から逃げていってないからな」

寅太郎が言ったところで、平田が恐怖に身をすくませた。

「まさか……下手人は、本当に幽霊大五郎なのか」

「そうかもな」

そう答えるとくるりと背中を向け、寅太郎は御堂に戻ると言って歩きだした。

平田は口を半開きにしたまま、寅太郎にすがるようにしてついていった。


御堂に戻ると、外で菊麻呂が待っていた。

ともに御堂に入ると、往生坊が彦右衛門の亡骸のかたわらにあって、なにやら呪文を唱えている。

彦右衛門の脇の床には、赤黒い血溜まりができていた。平田が呆然と立ち尽くしていると、やおら往生坊の呪文がやんだ。

ゆっくりと振り向き、

「残念ながら、彦右衛門殿は大五郎の怨霊に敗れ去った」

寅太郎は、どういうことだ、と菊麻呂に目で聞く。菊麻呂は、寅太郎の問いかけに答えようとしなかった。なにか思案しているようだ。

「おい、麻呂」

もう一度、声をかけたところで、

「ああ、すみません。なにやら違和感を抱いたのです」

「で、では、彦右衛門は、大五郎の幽霊と争ったのか」

平田は御堂の中を見まわした。まだ、大五郎の幽霊が御堂内にいると思っているかのようだ。

「さよう……わしは彦右衛門殿に頼まれ、大五郎の怨霊を呼びだした。彦右衛門殿は、その怨霊に打ち勝ってみせると豪語されたのだ」

自分の霊力によって、大五郎の幽霊こそ呼び出すことができたが、

「あとは、彦右衛門殿のお力で、大五郎の怨霊をなんとかするしかなかった。彦右衛門殿は、懸命に闘われた。その結果、亡くなられたのだ」

往生坊は淡々《たんたん》と語った。

「なんてことだ。幽霊だ。幽霊が彦右衛門を殺したんだ」

いまや、平田の恐怖は絶頂に達していた。

寅太郎は平田の背中をぽんぽんと叩き、

「幽霊の仕業《しわざ》のわけがないだろうが」

「しかし……往生坊殿が申したではござらんか。御堂内には誰も出入りしなかったと」

「いかにも、御堂に出入りする者はなかった。御堂内にも、誰もひそんではなかったな」

寅太郎の証言を聞き、平田は大五郎の幽霊による仕業に相違ないと信じきったようだ。しかし、菊麻呂はとうてい信じられるものではない。

「幽霊だなんて……そんな馬鹿な」

平田はむきになって、幽霊以外には考えられないと強調した。

「でもなあ、幽霊が刃物なんか使うものかよ」

寅太郎は反論を加える。

「では、人がどうやって御堂の中に出入りをして、彦右衛門を殺すことができたのだ」

平田に痛いところを突かれ、寅太郎は苦しまぎれに、

「それは……下手人は隙《すき》をついたんだよ」

これには往生坊が、たちまち反論を加えてきた。

「隙などはなかった」

まるで、自分を愚弄するかというように目を尖《とが》らせた。そもそも用心棒が、御堂の周囲を固めていた。彼らは当然、御堂に出入りした者など見ていない。

平田は、大五郎の幽霊による仕業だと強く言いたてた。

寅太郎としても反論できないが、幽霊の仕業などとは受け入れがたい。寅太郎の意図に賛同するかのように菊麻呂が、

「わたしも、大五郎の幽霊による仕業とは思えませぬ」

菊麻呂が味方になってくれたことで気をよくしたものの、いかにして彦右衛門が殺されたのかの絵解きはできない現実がある。

往生坊が責めるような目で、菊麻呂と寅太郎を見る。寅太郎は往生坊の視線から逃《のが》れるように視線を逸《そ》らしたが、菊麻呂はそれを受け止め、

「なにかおかしい。違和感がある」

と、漏らした。

次いで座りこみ、座禅《ざぜん》を組んだ。

往生坊ばかりか寅太郎も、菊麻呂のおこないに戸惑った。

「なにをして……」

寅太郎は菊麻呂を咎《とが》めようとしたが、口を閉ざした。

両目を閉じ、沈思《ちんし》黙考《もっこう》する菊麻呂に、なにやら侵《おか》しがたい威厳《いげん》を感じたのだ。

清流のせせらぎが聞こえ、光輪《こうりん》に包まれているかのようだ。

寅太郎ばかりか平田も往生坊も声をかけるのを憚《はばか》り、菊麻呂の成すがままに任せた。

やがて、菊麻呂の両眼が開かれた。

やおら立ちあがり、菊麻呂は彦右衛門の亡骸のかたわらに立って、じっと見おろす。

それからおもむろに、

「血です」

と、ひとこと発した。

「血がどうしたのだ。心の臓を刺されたのだ。血が出ているのはあたりまえではないか」

往生坊は鼻で笑う。

「血が流れているのは当然。それはそうです。わたしがおかしいと申していますのは、御堂に踏みこんだときには、流れていなかったということなのです。わたしはそれを、短刀が栓の役割を果たしているのだと思いました。ですが、いまは血溜まりができている……」

菊麻呂の言葉を受け、往生坊は口ごもった。

「それからもうひとつ、違和感があります」

鋭《するど》い菊麻呂の視線に、往生坊はじりじりと後じさった。

「往生坊殿の、その胸の膨《ふく》らみです」

寅太郎と平田は、往生坊の胸を見た。鈴懸の袈裟の右胸が、こんもりと盛りあがっている。

寅太郎も怪しいと思ったようで、

「おまえ、いつから女子《おなご》になった」

と、疑わしそうに問いただした。

すかさず、菊麻呂は寅太郎の大刀を抜くと、往生坊に向かって突きを繰りだした。

「ああっ」

思わず平田が悲鳴をあげた。

寅太郎も呆気《あっけ》に取られ、菊麻呂と往生坊を交互に見やった。

刀の切っ先が、往生坊の胸に突き立った。ところが、往生坊の顔には、苦悶《くもん》の様子はない。真っ赤な血潮も流れていなかった。

平田はきょとんとしている。菊麻呂は大刀を引いた。

懐中から、なにかが現れた。

切っ先に突き刺さったのは、真っ白な鏡餅《かがみもち》である。

「こ、これはいったい……」

平田はすっかり戸惑っている。

菊麻呂はにこにことして、

「往生坊の祈禱の正体ですよ」

往生坊は観念したように、

「そなたの目は誤魔化《ごまか》せなんだ」

と、真相を語りはじめた。

彦右衛門は大変に目立ちたがり屋であった。幽霊大五郎の評判を聞くと、それを利用し、江戸中の耳目を集めようとした。

そんな彦右衛門に祈禱師として近づき、往生坊は一計を授《さず》けた。

「この古めかしい御堂に籠り、大五郎の怨霊と戦い、それを退治するというものだった。そのために、大五郎親分からの文を偽造した」

　そこで往生坊は言葉を切ると、

「だが、おれの本当の目的はそこじゃない。牢屋敷で死んだ仙吉も仲間だった。仙吉は、親分のためなら命も惜しくないと仲間に加わってくれた。そうさ、おれは大五郎親分の手下だった。ともに喜多方藩に抱えられ、力士修業したんだ」

　ここで、

「そうか……」

　菊麻呂は、なにか閃《ひらめ》いたように声をあげた。みなの視線を受けながら、

「喜多方藩の今井殿が来られたとき、あなたを不審な目で見た。わたしはてっきり、あなたの胡散《うさん》くささを感じてのことだと思ったが、あれはあなたに見覚えがあり、記憶を手繰《たぐ》っておられたのだろう」

「あのときは胆《きも》を冷やしたが、今井さまは、おれの素性を思いだすことはなかったようだ」

　往生坊は苦笑を漏らした。

　大五郎が残した手形を利用し、あたかも大五郎が生き返ったごとく盗みを繰り

返し、そのうえで往生坊は彦右衛門を狙ったのだった。

「では、御堂内での争いは……」

平田の問いかけに、

「彦右衛門のひとり芝居だ」

有名になる欲望に取り憑かれた彦右衛門は、大五郎の怨霊と戦う芝居を打った。

「しかし、大五郎によって刺殺されたではないか」

いまだ平田は納得ができないようだ。

「それが、今回の芝居の胆だった。わしはこう言い含《ふく》めた」

ただ大五郎の幽霊と戦って勝ったのでは、世に与える印象は弱い。もっと大きな衝撃を与えるには、

「いったん刺殺されたように見せかける。そして、その後に生き返り、ふたたび大五郎の怨霊と戦って勝利すればよい、と言ったのだ」

その筋書きどおり、彦右衛門は鏡餅を胸に仕込み、そこに短刀を突き立てた。

そこへ、いったん捕方を踏みこませ、彦右衛門が死んでいることを確認させる。

次いで、往生坊が捕方を外に追い払い、ふたたび観音扉を閉じたところで、捕方を引き返させて、彦右衛門は生き返り、御堂から出てくる。

「ところが、それに便乗したあなたは、今度は本当に彦右衛門を刺殺したのですね」

菊麻呂が言うと、往生坊は不気味な笑い声を放った。

「こんな手のこんだ手法で殺さねばならなかったのか」

寅太郎が問いかける。

「仇だからな」

往生坊は吐き捨てた。それからおもむろに続ける。

「おれは、大五郎親分とは同じ釜《かま》の飯を食った。目をかけられ、ずいぶんとかわいがってもらった……彦右衛門の奴が、十八大通を気取ってこの世を闊歩《かっぽ》しているのが我慢ならなかった。なら、十八大通らしく、派手な最期を迎えさせてやろうと思ったのだ」

なおも往生坊は、笑い声をあげた。

夜空に往生坊の哄笑《こうしょう》が、いつまでも響き渡った。あの世にいる大五郎へ向けての、仇《あだ》を討ったという高らかな宣言であるかのようだった。

時節遅れの幽霊騒動は、こうして終幕を迎えた。

幽霊の正体見たり枯《か》れ尾花《おばな》。

彦右衛門は死んだ大五郎を使って、己《おの》が評判を高めようとし、その虚名《きょめい》によって身を滅《ほろ》ぼした。

華《はな》やかに繰り広げられていた宴《うたげ》が、すでにお開きとなっていて、虫の鳴き声が響き渡っている。

万事に派手好みであった彦右衛門の最期を彩《いろど》るには、あまりにも寂《さび》しいものだった。

幸か不幸かこの一件で、平田凡太郎が、菊麻呂を高く評価した。

菊麻呂には八丁堀同心の才能がある、などと褒めたのだ。寅太郎の町廻りについてゆくのも、すんなりと承知したそうだ。

「麻呂には、八丁堀同心の血筋を感じるとよ。幽霊大五郎のからくりを見破ったのを、よっぽど感心したようだぞ。平田の奴、人を見る目には自信があるんだってさ。麻呂がおれの親戚だって信じこんでいるんだから、とんだ見る目だな」

寅太郎はそこで言葉を切ると、笑みを浮かべて、

「まあ、でも働きぶりは悪くはなかったぜ。お偉い都の関白さまにしちゃあな。さしずめ、関白同心、ってところか」

思わぬ寅太郎の賛辞に、菊麻呂は照れを誤魔化すように言った。

「そういえば、姉が寅さんの活躍を喜んでいましたよ」

菊麻呂が言ったように、読売では、寅太郎が幽霊大五郎騒動を落着に導いた立《たて》役者《やくしゃ》だと書きたてられていた。

「近衛の姫さまは喜んでいなさるが、おれはな……」

寅太郎はため息を吐いた。

その不満は、彦右衛門から礼金を受け取り損《そこ》なったことだ。

「肝心の彦右衛門が死んじまったんだからな」

南町奉行からの感状一枚じゃ割が合わない、と寅太郎は嘆《なげ》いた。

「寅さんと一緒に暮らすと、見聞が広がります。これからも、よろしくお願いします」

菊麻呂は丁寧《ていねい》にお辞儀をした。

「やめてくれ。関白殿下に頭をさげられると尻《しり》がこそばゆいぜ」

寅太郎は右手をひらひらと振った。

「そう言えば」

と、菊麻呂はあらたまったような口調になった。

「どうした、またぞろ、めんどくさいことを言いだすのか」

寅太郎はからかい半分に語りかけた。面倒ではありません、と菊麻呂は返してから、

「大五郎と往生坊のことです。寅さんから、打ち首に関する興味深い話を聞きました。首切り役人は罪人の怨念を土壇場の石に逸らすために、身内の面倒をみる、と持ちかける……大五郎に家族はいなかったが、子分想いだった。まさしく、往生坊は大五郎に感謝し、恩に報《むく》いようと彦右衛門に意趣返《いしゅがえ》しをしました。大五郎の彦右衛門への怨念を、往生坊が晴らしたのです。往生坊の意思でおこなったのでしょうが、大五郎の怨念が往生坊を動かしたのかもしれません。だとしたら、大五郎は土壇場の石を嚙んでいなかった、と思います」

語り終えると、にっこり微笑んだ。

「なるほどな。ま、大五郎が石を嚙んでいようがいまいが、どうでもいいさ」

寅太郎は鼻で笑った。

「そうですね。寅さんの言うとおりです」

これからの江戸での暮らしに、菊麻呂の好奇心が疼《うず》いた。

第二話　御堂の修行者

一

関白同心こと近衛菊麻呂が、南町奉行所定町廻り同心・鬼塚寅太郎の組屋敷に居候して半月が過ぎた。

江戸で見聞《けんぶん》を広めるという目的は、なんとか叶《かな》っている。

衣冠《いかん》や烏帽子《えぼし》はかぶらず、真っ白な狩衣《かりぎぬ》姿は、あたかも歳若い神主《かんぬし》のようだ。

月代《さかやき》は剃《そ》らず髷《まげ》を結う、いわゆる儒者髷《じゆしやまげ》、色白で面長《おもなが》、端整な顔立ちは貴公子然としており、とくに切れ長の目が利発さを醸《かも》しだしていた。

長月十五日の朝、晩秋を惜しむかのようなさわやかな風が吹き抜け、抜けるような青空に燕《つばめ》が飛んでゆく。

八丁堀の組屋敷の居間で、

「麻呂よ、もっと飯は硬めに炊くんだよ」

寅太郎は文句を言いながらも、丼に盛られた飯を搔《か》きこみ、次いで味噌汁《みそしる》に口をつける。

これにも、

「薄いんだよ。もっと濃くするんだ。けちけちするな」

と、味噌汁の味にも文句を言いたて、豆腐《とうふ》もこんなやわな絹《きぬ》豆腐じゃなく、木《も》綿《めん》豆腐にしろ、と注文を加えた。

浅黒く日焼けをし、苦《にが》み走った男前だ。千《ち》鳥格子《どりごうし》柄《がら》の小袖《こそで》を着流し、重ねた羽《は》織《おり》の裾《すそ》を帯《おび》にはさむ、八丁堀同心特有の巻き羽織が板についている。

袖からのぞく腕は、丸太《まるた》のように太い。

父といさかいを起こし、二年前まで銚子《ちょうし》で漁師をやっていた名残《なごり》だ。房総《ぼうそう》の荒波を漕《こ》ぎ渡り、投網《とあみ》をしているうちに足腰が鍛《きた》えられ、隆々《りゅうりゅう》とした肩、丸太のような腕になったのである。

菊麻呂は素直に、「はい、わかりました」と元気いっぱいに答える。

「まったく……おまえはどこまで素直なんだよ」

呆《あき》れたように寅太郎は肩をすくめた。

そこへ、荒夷の長吉がやってきた。

「おお、荒長、早いな。あがれ」

丼飯を最後まで掻きこむと、長吉を居間に呼んだ。

荒夷の二《ふた》つ名のとおり、彫《ほ》りの深い顔立ちで毛深い。唐桟《とうざん》模様の小袖にアイヌ文様《もんよう》の長羽織を重ねている。開かれた小袖の襟《えり》から、胸毛がのぞいていた。

長吉は、

「お早うございます。関白殿下」

恭《うやうや》しく菊麻呂に挨拶《あいさつ》をしてから、あらためて寅太郎に、おはようございます、と声をかけた。

「おい、順番があべこべだろう。まずは、おれに挨拶をすべきだぞ」

むくれたように寅太郎は言った。

すんません、と長吉が謝ると、思い直したように、

「ああ、そうかい、そうかい、麻呂は関白さまだったな。畏《おそ》れ多いってわけだ。とても、同じ部屋に同席できないお方だぜ。食い物も違うんだろうよ。味噌汁といい飯といい、おれたちとは違うものを食していなさったんだろうさ」

皮肉たっぷりに寅太郎は言った。

「さすがは寅さん、見抜いていらっしゃいますね。そうです。都の味噌汁は、白味噌を使います。江戸の味噌とは風味が違いますね。醤油も関東の濃口ではなく薄口ですよ。それと、戸惑いましたのは、都や大坂では昼の飯を炊くのですよ」

皮肉と受け取らず、素直に菊麻呂は江戸と都の食の違いを述べたてた。

寅太郎がこめた皮肉は、江戸と都という地域差よりも、関白と八丁堀同心という身分差を揶揄《やゆ》しているのだが、そもそも身分の上下にこだわらない菊麻呂には、通じなかったようだ。

「寅の旦那、そう、むくれないでくださいよ。旦那は器《うつわ》の大きなお方なんですから」

長吉は宥《なだ》めたが、

「器なんざ、大きかろうが小さかろうが、どうだっていいさ。で、なんだい、朝っぱらから、人が朝飯を食べているのを邪魔してまでの用事っていうのは」

寅太郎の問いかけに、

「それがですよ、ちょいとした事件が起きたってわけでしてね」

「ちょっとした事件に、おれを巻きこむつもりか」

朝餉《あさげ》を邪魔され、寅太郎は機嫌が悪い。

浅黒く日焼けし、苦み走った男前に暗い影が差し、悪党面《あくとうづら》となった。

「そりゃ、言葉のあやってもんでしてね、実際は、奇妙奇天烈《きみょうきてれつ》な事件ってわけなんです」

「おまえは、まどろっこしいんだよ。そんなあやふやな態度で、よく博徒《ばくと》を束《たば》ねていられるな。ま、今日のところはいい。いずれ折を見て、博徒の親分の心得《こころえ》ってもんを説いてやるよ。で、どんな事件だ……いや、ここで話さなくていい。おまえが話すと長くなる。行くぞ、現場に着くまでの間に聞くぜ」

寅太郎は立ちあがった。

「麻呂も行きます。江戸の見聞を広めたいのです」

菊麻呂も腰をあげる。

「馬鹿、子どもは足手まといだ。町廻りと違って事件探索なんだ。物見遊山《ものみゆさん》じゃないんだぜ」

にべもなく寅太郎は断ったが、

「こりゃ、心強いですよ」

長吉は歓迎だ。

「おいおい、お遊びじゃないぞ。探索ごっことは違うんだ」

「ただの童《わらし》じゃないんですよ、こちらは畏れ多くも……」

逆らうように口を出す長吉を止め、

「わかった、わかったよ……でもな、いくら高貴な身分のお方であってもだ、十四の少年には違いないだろう」

「元服《げんぷく》なさったんですから、子どもじゃありませんよ。それにですよ、子どもというのは大人扱いすると、大人以上の力を発揮するものです。聡明な関白殿下ですからね、見聞を広めたら、それが血となり肉となりますよ。畏れ多くも、天子さまのお役に立ちます」

もっともらしい顔で長吉が言う。

「偉そうに……子どもは大人扱いするると大人以上の働きをするというのは、難しい書物にでも書いてあるのかい」

寅太郎は薄笑いを浮かべた。

「そういうわけじゃござんせんがね、ま、言ってみりゃ、荒夷の長吉語録《ごろく》ってわけでしてね」

へへへ、と長吉は得意そうに胸を張ってみせた。

「勝手に言ってろ」

寅太郎は肩をいからせて、足を速めた。

長吉が語るところによると、事件のあらましは次のとおりだ。


昨日、すなわち長月十四日の朝であった。

神田三河町《みかわちょう》にある臨済宗《りんざいしゅう》の寺院、宗龍寺《そうりゅうじ》の住持《じゅうじ》、栄相《えいそう》の亡骸が見つかった。境内《けいだい》に設けられた、お籠《こも》り堂《どう》と呼ばれる御堂で息絶えていたのだ。

死因は、なんと餓死《がし》であった。

「てことは、つまり、飲み食いができず飢えて死んだってわけか。そんな死に方だけはしたくねえな。ひもじい思いってのは、なによりもつらいもんだ」

寅太郎の言葉を受け、長吉が大きくうなずく。

「寅の旦那なら、一回、食べそこなっただけで、大騒ぎでしょうね」

「おお、そうだよ。おまえのせいで、朝飯を食いそこなったぜ。あとで、鰻《うなぎ》でも奢《おご》れよ」

寅太郎は長吉を睨《にら》んだ。

「いやいや、丼飯を食べていたじゃありませんか」

「お替わりをしそこなったんだよ」

「腹八分目が身体のためだって、お医者さまも言っていますよ」

「あれじゃ腹三分目だ」

寅太郎は腹をぽんぽんと叩いた。

これ以上のやりとりは無駄だと、

「はい、わかりました」

長吉は諦《あきら》め顔で受け入れた。

ここで菊麻呂が、

「今回は、お寺の事件なのですか。町奉行所は、寺社の問題や事件には立ち入れないんですよね」

と、疑問を呈《てい》した。

「そうだよ、よく気がついたな。おい、荒長、寺にかかわるんだから、おれが出張る必要はないだろう。いや、おれが担当したらまずいぞ」

寅太郎は歩みを止めた。

長吉も立ち止まり、

「その辺の事情は、宗龍寺でお話しいたしますよ」

「縄張りが違ううえに、飢え死にだろう。おれが探索することもなかろうよ。それにしても、住持が飢えて死んだなんて、宗龍寺っていうのはよっぽど貧乏寺なんだな」

「宗龍寺というのは下野《しもつけ》に本寺がありましてね、決して貧乏寺じゃありません。で、飢え死にっていうのも謎めいていましてね。事件慣れしていない寺社奉行さま配下の同心方では扱えませんや。縄張り云々《うんぬん》のことは、あとで説明します。まずは、宗龍寺の別院に行きましょう」

強く長吉は頼んだ。

「ほかならぬ荒長の頼みじゃ、むげにもできないが……」

寅太郎はにんまりした。

礼金を求めているのは長吉にも伝わり、駄賃は弾《はず》みますよ、と返す。

「わかった。話に乗ってやるよ。あ、そうだ。そもそも博徒のおまえが、どうして宗龍寺の一件にかかわったんだよ」

「わたしも興味があります。親分は顔が広いでしょうから、僧侶や寺院にもお知りあいが多くて、宗龍寺もそんな一軒なのですか。また、博徒の親分は任俠道《にんきょうどう》に篤《あつ》いと聞いたことがあります。親分は、義俠心から宗龍寺を助けようとしているんじゃありませんか」

素直な菊麻呂らしい解釈を、

「そんなわけないだろう。荒長に義俠心なんぞあるもんか。銭金が絡《から》んでいるに違いないさ」

失笑して寅太郎は否定した。

「そうなのですか」

菊麻呂は小首を傾げた。

「じゃあ、気になるでしょうから、今回の経緯をお話ししますよ」

長吉によると、寺社奉行は、栄相の死を事件化したくないのだそうだ。下野にある宗龍寺の本寺は檀家《だんか》に有力大名がおり、住持の死に事件性を持たせることを迷惑がっているのだという。

「でもって、別院の檀家で酒問屋《さかどんや》の上州屋吉兵衛《じようしゆうやきちべえ》さんが、栄相さまの死が怪しいから調べてくないかって頼んできなすったんですよ」

「おまえ、酒問屋の吉兵衛って男に、いい格好をしたいんだな……いや、それだけじゃないいな。きっと、大きな利があるんだろう」

寅太郎は鼻をくんくんとさせた。どうやら、銭儲《ぜにもう》けの匂いを嗅《か》ぎ取ったようだ。

「旦那にはかなわないね」

長吉は肩をすくめた。

こうなると、

「なんだよ、どんな儲け話なんだ」

勢いづいて、寅太郎は詰め寄る。

「じつはですよ、宗龍寺の別院は、賭場《とば》になっていましてね。上州屋吉兵衛さんは別院の檀家であると同時に、賭場の金主《きんしゅ》でもあるんですよ。それで、亡骸が見つかっただけでなく、なんと賭場のあがりもなくなったらしいんです。きっと栄相さまは殺されて、殺した奴が金を奪ったんじゃないかって、吉兵衛さんは勘繰《かんぐ》りましてね。あっしに、殺しの下手人を挙げて、賭場のあがりも取り戻してくれって頼んでこられたんですよ」

「そいつはおもしろいな。で、盗まれた賭場のあがりはいくらだ」

寅太郎は興味津々《きょうみしんしん》の目をした。

「五十両くらいですがね」

長吉は即答した。

「嘘つけ、五十両ぽっちなもんか」

寅太郎の勘が、そう告げていた。

銭金に関しては寅太郎を誤魔化せないと察した長吉は、

「……百五十両です」

と、打ち明けた。

「本当だろうな」

「嘘じゃござんせんよ」

両目を見開き、長吉は返した。

「よし、取り戻したら、半分だな」

当然のように、寅太郎は告げた。

「そんな馬鹿な。半分はきついですよ」

抗議をしても、寅太郎には通じない。

「手を引いてもいいんだぜ。なにせ、おれには町方の縄張りの外で、わざわざ御用働きするいわれはないんだからな」

「……わかりましたよ」

「よし、そうとなったら、すぐに下手人を挙げてやるぜ」

悪党面の寅太郎は大張り切りとなり、急ぎ足で歩きだしたが、じきに戻ってきて、

「案内しろ」

と、道順を知らないのに気づいた。

長吉は案内に立ったが、取らぬ狸《たぬき》の皮算用《かわざんよう》を立てた寅太郎は小走りに進み、菊麻呂は追いつくのがやっとだった。

「だから言っただろう、子どもは足手まといだって。大人の言いつけは素直に聞くものなんだよ」

寅太郎に言われても、

「やっぱり、寅さんはすごいですね。わたしなんか考えが及ばない真実を、たちどころに見抜きましたもの。足でまといになるかもしれませんが、寅さんについていけば見聞が広まるでしょうし、深まりそうです。人というものを学べるでしょう。同道をお願いします」

まこと菊麻呂らしい言い分を並べたてた。

「ほんと、関白殿下はお人が好い。鬼寅の旦那、あっしら爪の垢《あか》を煎じて飲まなきゃいけませんよ」

思わずといったように、長吉は寅太郎に語りかけてから、

「殿下、爪の垢を煎じて飲むというのは、ものの例えですからね。実際に、殿下

の爪の垢を煎じるわけじゃござんせんよ」

と、言い添えた。

「それくらいはわかっていますよ」

菊麻呂は足取りも軽く歩きだした。

二

神田三河町にある宗龍寺の別院は、それほど広くはないものの、手入れのよく届いた境内であった。今日も、数人の植木屋が木々の枝を伐採《ばっさい》している。

「住持が飢え死にする貧乏寺にしちゃあ、きちんとしているじゃないか」

寅太郎は見まわした。

「ですから、決して寂れたお寺じゃないんですって」

長吉の言葉に、寅太郎は鼻を鳴らした。

「あ、そうか。賭場を開帳しているんだったな。その寺銭《てらせん》で羽振りがいいってわけか」

「現場は、どちらですか」

菊麻呂が問うと、長吉がふたりを案内する。

「こちらですよ」

本堂や庫裏《くり》とは離れた御堂であった。途中に広がる竹林が、本堂や庫裏との隔《へだ》たりを形作っている。

御堂は六角形をしており、周囲を濡れ縁《ぬれえん》がめぐって、観音扉《かんのんとびら》が開いていた。

寅太郎を先頭に、菊麻呂と長吉の順に階《きざはし》をのぼり、濡れ縁を進んで中に入ると、がらんとしている。いや、若い僧侶がただひとり、板敷に正座していた。

「香西《こうざい》さん、ご苦労だね」

長吉が声をかけた。

香西は両手を合わせ、軽く頭をさげる。墨染《すみぞめ》の衣《ころも》がよく似合う、歳のころ二十四、五といったところか。別院を管理しているそうだ。

別院には香西のほかに小坊主が三人常駐しているが、住持が亡くなり、いまは下野の本寺に向かったという。

堂内を見まわすと、真ん中あたりに畳が二畳敷いてあった。畳には文机《ふづくえ》があり、書物や帳面、巻物、筆箱、それに数珠《じゅず》がある。

住持の栄相は、この御堂内で、ひと月ほど寝泊まりをしていたという。

「住持さんは、いったいなにをしていたんだい」

寅太郎は香西に問いかけた。

「お籠りです」

両手を合わせ、香西は答えた。

「そりゃ籠っていたというのはわかるが、どんな具合だったんだい」

寅太郎は問いを重ねた。

「仏道修行の一環、ここでひと月の間、お籠りになり、ひたすら読経《どきょう》と写経《しゃきょう》に明け暮れるのです。その間、水を飲むのみで、食事はとりません。大変に厳《きび》しい修行です」

「ふ〜ん」

香西の答えを聞いても、寅太郎は理解できないといった風だ。

それを見て、

「もっと、くわしく話してください」

菊麻呂が頼んだ。

香西は菊麻呂を訝《いぶか》しむように見つめた。

白の狩衣姿の少年が、どうして八丁堀同心と一緒なのか。香西ならずとも不審がるだろう。

「この子はですね、鬼塚の旦那の親戚なんですよ。京の都にさる神社がありましてね、そこの神主さんのご子息なんです。それで、江戸で見聞を広めようと、鬼塚の旦那のお供《とも》をしているってわけです」

寅太郎と申しあわせている菊麻呂の素性《すじょう》を語り、長吉が誤魔化した。実際、香西の不審は晴れたようだ。

寅太郎が、

「ずいぶんと殺風景だな」

と、がらんとした堂内を見まわした。

二畳の畳のほかは板敷が広がるばかりで、いっさいの調度《ちょうど》類はない。

ただ隅《すみ》には、水を入れた甕《かめ》が置かれてあった。

香西が言ったように、食べることはできないが水は飲めるということだろう。

筆箱を開けると、場にそぐわない横笛《よこぶえ》が入っていた。

ふと疑問に思った菊麻呂であったが、質問する前に、

「ここは、あくまで修行の場なのでございます」

もっともらしい顔で香西が言いたてた。

そのあと、香西に代わって長吉が説明を続ける。

宗龍寺の住持は年に一度、江戸の別院で修行をする。住持となってからの修行とはなにかというと、

「即身仏《そくしんぶつ》修行ですよ」

長吉は言った。

「即身仏だと」

寅太郎は驚いた。

即身仏とは、厳しい修行をおこない、みずから木乃伊《みいら》となった僧侶である。

それには、身体から脂肪《しぼう》を削ぎ落とす必要がある。米や雑穀《ざっこく》を断ち、榧《かや》の実や熊笹《くまざさ》の葉を食べて脂肪を落としたあとに、地下に設けられた石室《せきしつ》に籠る。

石室では断食《だんじき》をおこない、読経しつつ鈴を鳴らす。その音が聞こえなくなったときが、行者の死……すなわち入定《にゅうじょう》を物語る。

宗龍寺の住持は、最終的に即身仏に成ることを望み、その前段階として別院で断食修行をするのだという。

「とはいえ、なにも無理《むり》強《じ》いをしておるわけではないのです。たとえ修行をなさったとしても、かならずしも即身仏に成ることを望まないというお方であれば、

そこでお留《とど》まりいただきます」

香西はその点を強調した。

「水だけ飲むということも、即身仏に成るための修行なのですね」

菊麻呂が確かめると、香西は首を縦に振った。

「ひとまずひと月の間、ここでいっさいの食を断ってひたすら経文を唱え、写経をおこなうのです。さすれば、本番の即身仏修行にみずからが耐えられるかも、おのずと知れるでしょう」

「寝ないのですか」

菊麻呂は問いを重ねた。

「そんなことはありません。寝ないのは、食べない以上に身体にこたえます。人は三日飲まず食わずでも生きられますが、三日寝ないとなると、正気ではいられませぬ」

「違いないな」

即座に、寅太郎は賛同した。

「それで、葉月の十五日、栄相さまがここにお籠りになってからひと月の間、誰も立ち入らなかったんですよ」

長吉が言った。

「しかし、ご本人が修行を中断されたいときには、いつでも止めることができるのです」

香西はそう言って、文机の抽斗《ひきだし》を開き、南京錠を取りだした。

「この南京錠は、お籠り堂の内側から掛けるものなのです」

香西が立ちあがると長吉も腰をあげ、寅太郎をうながす。

寅太郎はめんどくさそうに、香西についていった。もちろん、菊麻呂も続く。

香西は観音扉を閉じ、内側の掛け金に南京錠を掛けた。

「外側には鍵はないんだな」

寅太郎が問いかけた。

「外側からも掛けられますが、外から掛けてしまうと、出たくても出られません。何度も申しますが、あくまでご自分の意思で扉を開け、御堂から出られるというわけです」

香西は衣の袖から鍵を取りだし、南京錠を施錠したあとに解錠しようとして鍵穴に鍵を入れた。すぐに解錠できず、香西は鍵を上下、左右に動かしはじめた。

鍵穴が腐食《ふしょく》しているのだろうか、と菊麻呂は気になった。

試行錯誤《しこうさくご》をするように、香西は鍵を何度か動かしたあとに、ようやく解錠した。

「鍵は文机の抽斗にあるんだから、出たければいつでも出られたってわけだな。だったら栄相さんだって、こんな陰気くさい場所にいつまでも居ないで、さっさと出ればよかったじゃないか。待てよ……出たくても、身体がいうことをきかなかったってこともありえるな」

寅太郎は自分の問いかけに、自分で答えた。

「そうかもしれませぬ。断食により、衰弱なさっていたのでしょう」

賛同した香西に、ここで菊麻呂が南京錠に抱《いだ》いた気がかりな点を問いかけた。

「ああ、それは用心のためなのですよ」

香西が言うには、お籠り修行がおこなわれていないときには、御堂内には寺宝《じほう》がしまわれているそうだ。

「宗龍寺歴代の住持さま直筆の書ですとか水墨画、あるいは、将軍家が東照宮《とうしょうぐう》に参拝なさった際に休息に立ち寄られ、下賜《かし》くださりました品々などです。ですから、普段は観音扉の外側に、南京錠を掛けます。そのうえ念のため、ただ鍵を入れてまわせば開くのではなく、鍵穴に入れてから鍵の動かし方に工夫を加えてあるのです」

香西は文机に戻ると抽斗を開け、鍵をしまい、代わりに書付を取りだした。そこには、鍵の動かし方が記してあった。

寅太郎が受け取ったものの、

「こりゃ達筆《たつぴつ》だな。おれの苦手な草書《そうしよ》だよ」

と、菊麻呂に見せた。

菊麻呂は寅太郎に代わって、

「挿入のあと、上下に動かしめ、然《しか》るのち、右、左、続いてこれと逆の動作をおこなう。左、右、下から上……といった具合ですね」

すらすらと菊麻呂は読みあげた。

「まどろっこしいな。でも、こんな面倒な操作ならば、錠前外しに長《た》けた盗人も手こずるだろうぜ。簪《かんざし》や針金じゃ開けられないはずだし、蠟型《ろうがた》を取って合鍵を作っても無理だな」

感心する寅太郎をよそに、

「ちょっと、待ってください」

菊麻呂が声をあげた。

「なんだ、麻呂には南京錠の開け方がわからなかったかい」

いかにも小馬鹿にしたように、寅太郎は返す。

対して長吉は、真剣な表情で問いかけた。

「なにか気になりますか」

「南京錠の解錠についての疑問じゃないんです。長吉さん、この御堂に入ったのはどうしてなのですか」

菊麻呂は聞いた。

「別院の本堂で、賭場を開帳しようとしたんですがね」

そこで長吉が香西に挨拶をしたところ、

「栄相さまが心配になったのです」

香西は言った。

「どうして」

寅太郎が問う。

「呼んでも声がなかったのです」

そろそろひと月が経つので、御堂の様子を見にいったのだそうだ。

「そうでしたね、いくら扉を叩いてもうんともすんとも言わなくて、それで、あっしらがこの扉を破ったんですよ」

長吉は言い添えた。

「そのときの様子を、もっとくわしく聞かせてください」

菊麻呂が頼んだ。

「それがですよ」

そのときの記憶がよみがえったのか、長吉は怖気《おじけ》を震《ふる》った。

板敷に、栄相は倒れ伏していた。枯れ木のように痩《や》せ、肌は干からび、表情は苦悶《くもん》に満ちていたという。

二畳の畳は乱れ、文机は倒れて、机上の経典《きょうてん》、帳面、筆箱も散乱《さんらん》していた。

「あっしが言ったように、ずいぶんと謎めいているんですよ」

長吉が言うと、

「たしかにそうだな。どうして栄相さんは、鍵を開けなかったんだ。こんな陰気くさいところ、おれなら三日と我慢できないぜ」

寅太郎はさかんに首をひねった。

「そりゃ、旦那なら三日どころか、一日でも無理でしょうね」

長吉がからかうように言う。

ここで菊麻呂が、香西に問いかけた。

「ところで、栄相さまとは、どのようなお方だったのですか」

香西が答える前に、寅太郎が言った。

「そりゃ、さぞや偉い坊さんだったに違いないさ。子どもにはわからんかもしれんけどな」

たちまち長吉が言葉を添えた。

「そうじゃなくって、殿下がお聞きになりたいのは、栄相さまの人となりのことですよ」

香西が「殿下……」と首を傾《かし》げ、長吉がわけのわからない言いわけをする。

「ええと、二つ名ですよ。太閤秀吉《たいこうひでよし》に似ていらっしゃいますからね」

幸いにも香西は、それ以上は問わずに菊麻呂の質問に答えた。

「栄相さまは、今年の桜の時節から、下野にある宗龍寺の住持になられました。それまでは京都五山《ござん》で修行を積み、また、全国を修行なさったお方でございます。宗派を超え、比叡山延暦寺《ひえいざんえんりゃくじ》、高野山金剛峰寺《こうやさんこうごうぶじ》での千日回峰《せんにちかいほう》も成就なさったほどの高僧でいらっしゃいます」

両手を合わせ、香西は言った。

「千日回峰を……そりゃ、すげえや」

長吉は感心したが、寅太郎はぽかんとしている。

そこで長吉が、千日回峰がいかに困難な修行かを噛《か》んで含《ふく》めるように説明するが、寅太郎には理解しがたいようである。

そもそも他人からものを教わるのを嫌う寅太郎は、理解を諦めて疑問を投げかけた。

「まあ要するに、大変な修行ってこったな。おれに言わせりゃ、物好きってこった。そんな厳しい修行をやり遂げた坊さんがだな、飢え死になんてことになるっていうのは、おかしな気がするぜ」

「いえね、あっしもそこが引っかかったんですよ。自分には、大きな修行をやり遂げてきたという誇りがある。だから、お籠り堂から出られなかった……と推量したんですが、どうもしっくりこなくって。おまけに賭場のあがりが盗まれたとあっては、こりゃきなくさい。栄相さまは殺されたんじゃないかって、思うようになったんです」

長吉が考えを述べたてると、まこと、寅太郎らしい安易な決めつけをした。

「おそらく栄相さんは、意固地になって籠り続けたあげくに飢え死にしたんだろうよ。賭場のあがりを盗んだ奴とは関係ないさ」

「そうでしょうか」

菊麻呂は納得できないようだ。

「子どものおまえにはわからないんだ。大人にはな、決して曲げられない意地ってもんがあるんだよ。そのうちわかるさ」

寅太郎はもっともらしく語りかける。

「わかりました」

ここは素直に受け入れた菊麻呂に、寅太郎も満足したようだ。

「よし、ものわかりがいいぞ。見込みがあるな」

それから、

「ところで、盗まれた賭場のあがりの件だがな」

こっちのほうが本題であるかのように、寅太郎は香西に問いかけた。

たちまち香西は表情を引き締める。

「それをくわしく聞こうじゃないか」

笑顔になって寅太郎は言った。

「こちらでございます」

案内に立った香西に続いて、寅太郎と長吉はともに御堂を出たが、菊麻呂はな

に を思ったか二畳の畳敷きに戻り、経典や巻物、帳面を調べはじめた。

三

香西の案内で、寅太郎と長吉は庫裏の奥書院《おくしょいん》に入る。そこには、簡素な書院造りの座敷であった。

ほどなくして、菊麻呂も追いついて姿を見せた。

「ここに銭函《ぜにばこ》でもあったのかい」

寅太郎が確かめると、香西はうなずいて答えた。

「そうなんです」

「どこだ」

寅太郎は座敷内を見まわした。

香西が床の間に視線を向けると、寅太郎は何度もうなずき、

「そらそうだな。金、銭はなによりもありがたいんだからな」

いかにも納得したように言った。

次いで、廊下に出ると裏手を見やる。

「ここは、裏口はないのかい」

「ございません」

香西は即答した。

「すると、下手人は玄関から入ったってことか」

寅太郎の問いかけに、「そうだと思います」と香西は答える。

「そりゃ、物騒《ぶっそう》だな。銭を盗んでくれって言っているようなもんじゃないか。もっとも、こんなしけた寺に盗みに入ろうなんて間抜けな盗人はいないか」

無礼な言葉を寅太郎は平気で口にしたが、香西はわずかに苦笑を浮かべただけだった。

「旦那、いくらなんでも失礼ですぜ」

代わりに長吉が、ぺこぺこと頭をさげる。

「いえいえ、お気になさらないでください。本当のことですから」

香西の気遣いを、

「みろ、香西さんだって認めていなさるじゃないか」

都合よく寅太郎は解釈した。

この人にはなにを言っても無駄だとばかりに、長吉は、

「わかりましたよ」

　と受け入れて、気を取り直すかのように説明を加えた。

「賭場の開帳のときは、荒夷一家が庫裏の玄関を入ったすぐの部屋に詰めていますんでね。盗人に入られるなんてことはありませんぜ」

「おいおい、おまえの子分じゃあてにならないな。酒でもかっくらって、怠《なま》けていたんじゃないのか」

　寅太郎の揶揄《やゆ》に、

「そんなことはありませんぜ」

　顔をしかめた長吉が反論したところへ、

「親分」

　と、子分たちがやってきた。

「ほれみろ、そろいもそろって間抜け面《づら》じゃないか」

　子分たちは、痩せぎすの長身と中背の特徴のない男、豆狸《まめだぬき》のような小太りの男である。長身が勘治《かんじ》、中背が次郎吉《じろきち》、小太りが三蔵《さんぞう》だと、それぞれ名乗った。

「おまえらが番をしていたんだな」

　寅太郎が三人を見まわすと、「へい」と声をそろえた。

「で、当日の様子を話してみろよ」

高慢《こうまん》ちきな物言いで、寅太郎は問いかけた。三人はお互いの顔を見あわせ、もごもごとしている。

「おい、うどの大木」

寅太郎が長身の勘治に声をかけると、

「あっしですか」

勘治は自分の顔を指差した。

「うどの大木って言ったら、おまえに決まっているだろう。さっさと話せ」

まるで取り調べのような調子で命じた。

勘治はうなずくと、

「あっしら、玄関脇の番人部屋で見張っていたんですよ」

と、次郎吉と三蔵を交互に見た。

「それで」

寅太郎はうながす。

「ずっと、この部屋におりましたんで、その……それ以上のことは、ええ、その、なんて言いますかね」

勘治の答えを待たずに、

「頼りないこと、このうえないな。いかにも荒長の子分らしいよ」

すんません、と長吉は詫《わ》びてから、

「おまえら、ずっとこの部屋に居たわけじゃないだろう。厠《かわや》に立ったりしたはずだ。そのとき、怪《あや》しい人影でも見なかったのか」

今度は、中背の次郎吉が答えた。

「そういやあ、妙な笛のようなもんが聞こえましたよ」

小太りの三蔵に同意を求める。

「そうそう、気味の悪い音色でしたね」

顔をしかめて三蔵もうなずいた。

「それを早く言えよ。で、気味が悪いっていうのは、どんな具合だった」

寅太郎の問いに、三蔵がそのときの様子を思いだすかのように、あちらこちらを見まわした。

「ええっと、おいら、部屋を出たんですよ」

「それで、どうした」

「外に出て耳を澄ましたんです。そうしたらですよ、竹林のほうから笛が聞こえるじゃありませんか。こりゃ、ひょっとして竹林の向こうにあるお籠り堂で、笛が吹かれているのかって思いましてね。それで……」

三蔵が怖気を震った。

「どうした」

責めるように、寅太郎は問いを重ねる。

「幽霊なんですよ」

首をすくめ、三蔵は答えた。

「幽霊……馬鹿を言え」

眉をひそめ、寅太郎は笑い飛ばした。

「おまえら、そんな与太話《よたばなし》を本気にしているのか」

「いや、まるきり信じてるわけじゃありませんがね、でもね、薄気味悪いってもんですよ」

むきになって三蔵は言いたてた。

「なんだよ、じゃあ、実際に幽霊を見たのかよ」

長吉が確かめると、三人はいかにも頼りなさそうに顔を見あわせるばかりとなった。腹立ちまぎれに、寅太郎が三蔵の胸ぐらをつかんだ。

すかさず、

「幽霊について、なにかもとになる噂があるのじゃないですか」

菊麻呂が間に入った。

それでも怯《おび》えている三人を見かねたように、香西が説明を加えた。

「たしかにこのところ、夜な夜な笛の音が聞こえるようになりました。それが、別院に伝わる幽霊が奏《かな》でる笛、と噂になったようです。もともとここには、笛にまつわる幽霊の言い伝えもございまして」

「ふん、馬鹿馬鹿しい。幽霊なんぞいるものか。弱々しい奴らが見る妄想《もうそう》だ」

と、先月にかかわった幽霊大五郎の一件を持ちだし、一笑に付す寅太郎をよそに、菊麻呂が真面目な顔で問いかけた。

「それって、栄相さんが籠った御堂から聞こえてくるものなのですか」

香西が答える前に、長吉が指摘する。

「たしか、御堂の文机の筆箱には笛がありましたよね。するってえと、栄相さんが吹いておられたのかもしれませんね」

「その可能性はありますよ」

菊麻呂が答えると、寅太郎が胡散《うさん》くさそうに言い足した。

「住持さんは、そんなに風流なお人柄だったのかい。まあ、笛やら音曲《おんぎょく》とかがお好きだったなら、暇潰《ひまつぶ》しに吹くだろうがよ」

「さて、そういう面もお持ちだったのだと思います」

香西は、よくわかりません、と言い添えた。

「揚《あ》げ足を取るわけじゃありませんが、栄相さんはあくまで即身仏修行の一環として御堂にお籠りになったのですよね。修行中に笛を吹くというのは、違和感があります。修行中は経を読むか、写経するかだと思うのですが」

菊麻呂が疑問を呈する。

香西が答える前に、

「そりゃ、いくら偉いお坊さんだってな、根を詰めていりゃ気詰まりにもなるさ。鬱憤《うっぷん》晴らしもしたくなるよ。酒でも飲めりゃいいが、断食してるんならそうもいかねえ。せめてもの慰《なぐさ》みに、笛のひとつも吹きたくなったんだろうぜ」

いとも安易に、寅太郎は考えを述べたてた。

「そうかもしれませんが……」

すっきりとせず、菊麻呂は香西の考えを求めた。

香西は静かに話しはじめる。

「鬼塚さまがおっしゃったように、栄相さまは無聊《ぶりょう》を慰めようとなさったのだと思います。仏道修行の最中とはいえ、一時の癒《いや》しを求めたとしても、不思議ではありませぬ」

「そうだよ」

我が意を得たりと、寅太郎は胸を張った。

疑問は残るが、ここは逆らわないほうがよいだろう、と菊麻呂は口をつぐんだ。

それでも不満が顔に出ていたのだろう。

長吉が疑念を代弁《だいべん》してくれた。

「でも、修行中ですよ。慰めなど不要なんじゃござんせんか。むしろ、修行の目的に反すると言うか……」

「それは……まあ、そうですが……」

言葉を詰まらせた香西の代わりに、寅太郎はしたり顔で説明した。

「そうやっておまえらみたいに、四角四面《しかくしめん》に物事を考えるお人じゃなかったんだよ。この際だから言ってやるが、荒長はな、博徒のくせして妙に真面目で、融通《ゆうずう》の利かないところがある。もっと丸くならないと、渡世《とせい》に差し障《さわ》りが出るぜ」

菊麻呂と長吉のまっとうな疑問に耳を傾《かたむ》けないどころか、ついでに小言まで言いたてる始末である。

人間ができている長吉は、寅太郎の顔を立てて反論はせずに、

「でも、あっしにはどうにも引っかかるんですがね」

と、精一杯の抵抗であるかのように言い添えた。

たちまち寅太郎が、またも説教しようとしたのを制するかのように、菊麻呂は三人の子分に質問を投げかけた。

「笛の調べですが、美しいものでしたか。思わず聞き入ってしまうような……それとも哀しげで、すすり泣くような音色だったのですか」

三人は顔を見あわせ、どう思ったかを確かめあったあとに、三蔵が答えた。

「いえ、聞き入るような笛じゃなかったです。途切れ途切れで、節《ふし》なんてものはない、むしろ味気ないものでしたね……うまく言えませんが、人が吹いているようには思えませんでした」

ここで寅太郎が口をはさむ前に、

「そうですよね。気味悪い、幽霊を思わせる音色だったんですものね」

菊麻呂は三蔵の言い分を受け入れた。

次郎吉が大きくうなずく。

「そうそう、なんだか亡者の笛のようでしたよ」

「馬鹿、おまえ、亡者の笛っていうのを聞いたことがあるのか」

たちまち、寅太郎がくさした。

ありません、と真面目な顔で頭をさげた次郎吉に、

「もっと、くわしく話してみな。おまえらが幽霊の笛って思った理由が、どこかにあるはずだ。夜更《よふ》けの笛となりゃ、都のお公家さまのお屋敷街じゃ珍《めずら》しくはなかろうが、江戸の町場じゃ按摩《あんま》や捕物《とりもの》くらいだぜ。それか、盗人《ぬすっと》の合図ということも考えられるがな」

がははは、と冗談めかして長吉が笑ったのは、寅太郎の前で委縮《いしゆく》している子分たちの気持ちをほぐそうという意図であろう。

子分思いのよい親分だ、と菊麻呂は長吉に好感を抱《いだ》いた。

長吉の言葉に喚起《かんき》されたらしく、次郎吉が言った。

「そういや、捕物の呼子《よぶこ》のように、耳をつんざく音じゃござんせんでした。なんせ呼子には、あっしら敏感ですからね」

それはそうだろう。呼子が聞こえたら、ただちに賭場を閉鎖しなければならないのだ。

「按摩でもないんだな」

長吉が問いを重ねる。違うというように、三人はそろって首を左右に振ったあと、三蔵がわけを説明した。

「按摩の笛っていうのは、誘われるもんがあるんですが、御堂のほうから聞こえたのは、まったく誘われない……なんだか嫌な感じの音でした」

ここで寅太郎が、ふたたび吐き捨てるように、

「気のせいだろうよ」

と言ったあとで、ふと思い返したのか、

「まあ、そこまで言うのだったら、その笛は幽霊か亡者が吹いたってことか」

頭から否定した幽霊、亡者を、みずから持ちだした。

「笛の音色は、弱々しかったのですね」

菊麻呂が三人に念を押すと、頭をひねりつつ勘治が答えた。

「弱々しいものだったのは間違いありませんが、初めのうち……そうですね、十日ばかり前は、途切れることのない、わりとはっきり聞こえる音色だったんです。それがここ三日は、それこそ、幽霊が吹いているような。途切れ途切れで、それから日が経つにつれて、弱々しさと途切れ具合が増していったんです」

「ですからね、こりゃ、笛の音の幽霊だって、あっしら聞かねえようにしたんですよ。決して、怖気づいたってわけじゃないんですがね」

ここぞとばかりに三蔵は主張したが、

「聞こえない振りをしたっていうのが、怖気を震ったってことだろ」

寅太郎は三人の頭を小突き、

「ちょっとは、まともなことが話せるように躾《しつけ》をしろ」

と、長吉に苦言をぶつけた。

これまでの話をまとめるように、菊麻呂が推量する。

「三人の証言からして、笛の音色の変化は、栄相さんの体力の衰《おとろ》えだったのではないでしょうか。身体が衰弱するにつれ、笛を吹く力も弱まっていったのでしょう」

「なるほど、そういうことか」

納得した寅太郎の横で、

「でもですよ、栄相さまは、どうして笛なんぞ吹いておられたんでしょうね。ご自分が衰えてゆくのを、報《しら》せようとなさったのでしょうかね」

どうせ寅太郎に文句を言われるな、と覚悟を決めながら疑問を呈した。

案の定、

「それなら自分で出ていけばいい。なんなら、誰か呼べばいいじゃないか」

と、頭ごなしに否定してから、

「いや、待てよ。言葉も出なかったってことか。あの御堂からここまでは間合いがある。言葉じゃ届かないだろう。大声を出せないから笛を使ったってことだな。観音扉を叩くにしても、そんな力はなかっただろうしな」

と、珍しく長吉の考えを受け入れた。

ここで推量した当人の菊麻呂が、首をひねった。

「ご自分の力が尽きようとし、これ以上、御堂に籠るのが無理と思ったのならば、錠前を開ければよかったじゃありませんか。さすがに、その場から一歩も動けないということはないでしょう」

「それはまあ、恥ずかしくてできなかったんだろうよ。高僧と崇《あが》められるお偉い坊さんなら、意地や誇りってもんもあるさ」

微塵《みじん》の迷いもなく、寅太郎は断じた。

「それなら、笛も吹かないんじゃありませんか」

長吉が異論をとなえると、三人の子分も、そうだ、というようにうなずく。

「屁理屈《へりくつ》を言うんじゃない」

痛いところを突かれ、寅太郎は嫌な顔をして強がった。

四

結局、栄相の死は謎めいたままだ。

「ま、いいじゃないか。なにはともあれ、栄相さんは死んだのだ。厳しい修行中に飢え死にしたんだよ。こりゃあ殺し、つまり事件じゃないな」

そろそろ寅太郎は、面倒になったようだ。

「じゃあ、賭場のあがりが盗まれた一件はどうなるんですよ」

ここでおりられたら困るとばかりに、長吉が引き止める。

これには、寅太郎は意欲を示した。おそらく、解決のすえの分前《わけまえ》を思いだしたのだろう。

「そうだよ。今回の一件は、そっちが本題なんだ」

盗難事件とはいえ、賭場のあがりよりも、人の死のほうがはるかに重い問題なのでは、と菊麻呂は思ったが口には出さず、

「たしかにその一件はとても大事ですが、結局のところ、お金を見つけるには、栄相さまの死の謎を解き明かすのが近道だと思いますよ」

そう推論したものの、正直なところ、栄相の死と盗難が関係しているとは、菊麻呂自身にもわからない。とりあえず、寅太郎の関心をつなぎとめようとしての発言である。

幸いにして、

「そうなのか、それなら、むげにもできんなあ」

金を手にできるとなると、寅太郎は手のひらを返したように興味を示した。

「麻呂は、栄相さんが殺されたと思ってるのか」

寅太郎に指摘をされ、菊麻呂は慎重に返す。

「その可能性は否定できないですね」

「また、まどろっこしい大人びた口をききやがって」

苦笑する寅太郎に、菊麻呂も笑みで答えた。

「すみません」

「殺しとなれば、十手《じって》をあずかる身としては無視できねえな。それが、殺された栄相さんの、なによりの供養《くよう》だろうからな」

もっともらしい顔で、寅太郎は態度の変化に理屈をつけた。

「でもですよ、旦那たちを連れてきたあっしが言うのもなんですが、とても殺しには見えませんがね。なんせ、飢え死になんですから。どうやったって、他人が飢え死にを強制できないでしょう。まさか、戦国の世の兵糧攻《ひょうろうぜ》めじゃないんですから」

「おう、そんな話もあったみたいだな」

訳知り顔で寅太郎がうなずくと、長吉はさらに話を続けた。

「兵糧攻めなら、敵の城を軍勢で蟻《あり》の這《は》い出る隙《すき》もないほどに囲み、いっさいの兵糧、つまり食い物が入らないようにしますよね。ですから、城内の食料が尽きると、食べ物を得る手立てがないんで、飢え死にしてしまうんですよ。攻めるほうは、敵の飢え死にを狙《ねら》うってわけです。でも、栄相さまの場合は、飢え死にする前に御堂から出ることができたんですからね。殺そうとして殺せるもんじゃありませんや」

至極《しごく》まっとうなことを、長吉は言いたてた。

「どうでもいいよ。下手人の奴は、そこんところを巧《うま》くやったのさ」

まるで答えになっていないのが、いかにも寅太郎らしい。

「どうやってですか」

長吉の問いかけに、

「そりゃ、これから考える」

無責任な答えを返す寅太郎をよそに、菊麻呂が香西に問いかける。

「ところで、笛の幽霊の言い伝えについて、もっとお話をしてください」

思いつめたような顔つきで、香西は語りはじめた。

「いつの出来事かはわかりませぬが、別院で逢引《あいび》きをしていた男女がおったそうです」

すると、

「男女って誰だ」

いきなり、寅太郎が話の腰を折った。

それでも香西は不快がりはせずに、真面目に答える。

「お名前まではわかりませぬが、さる御旗本のお嬢さまと、ご子息であったと聞いております」

「そんなこと言って、男というのは、本当はあんたなんじゃないかい」

からかうように寅太郎が問いかけると、

「違います」

香西は静かに否定をする。

なおも踏みこもうとする寅太郎を、長吉が、

「まあまあ、とりあえず話を聞きましょうよ」

と宥めるように語りかける。

寅太郎は顎《あご》を突きだし、先をうながした。

香西は口元に笑みすら浮かべて、語りを再開した。

「そうですな、たしかに話をするうえで名がないとわかりにくいので、仮に御旗本のご子息を太郎《たろう》さま、お嬢さまを乙女《おとめ》さま、としましょう」

乙女と太郎は好きあう仲であったが、あいにくと親が決めた縁談相手は、それぞれ別の者であった。

「つまり、太郎と乙女は道ならぬ恋をしていたってわけだな」

寅太郎の言葉を聞き流し、香西は続ける。

「世を忍び、親御さまの目を盗んで、おふたりはここで逢瀬《おうせ》を重ねたのです。まず、乙女さまがここにやってきて、その後、太郎さまがまいられます。しかし、いつとは決められませんでした。太郎さまは別院にやってきて、乙女さまが奏《かな》で

る笛の音を頼りとしていらしたのです」

ここで話を区切った。

口をはさむと思いきや、寅太郎は大人しく聞き入っている。

どうやら、太郎と乙女の悲恋話に入りこんでしまったようだ。

「笛の音を頼りに逢瀬を重ねた太郎さまと乙女さまでしたが、やがて、親御さまの知るところとなります。それでも、太郎さまは乙女さまと一緒になろうと決意し、おふたりは駆け落ちを決意したのです」

太郎と乙女は武士の身分を捨て、手に手を取り、山里で暮らそうとした。

しかし不幸なことに、待ちあわせの当日、太郎は急死してしまった。

「病だとも、ひそかに殺されたのだとも言われております」

香西が言うと、

「むげえ」

長吉が嘆《なげ》いた。

かまわず香西は続けた。

「太郎さまの死をご存じない乙女さまは、別院の御堂に籠り、ひたすら太郎さまを待ちました。毎夜、笛を吹いておられたのです。ですが……」

感極まったのか、香西は言葉を詰まらせた。

「そうか、乙女は食うものも咽喉《のど》を通らず、祈るような思いで笛を吹き続けたんだな。しかし、笛吹けど、太郎は来なかった。憐《あわ》れ、乙女は身体が衰弱し、死んでしまったのか。なるほど、憐れなもんだ」

寅太郎も乙女に同情を寄せた。

「ところが、乙女さまが亡くなってからも笛の音は絶えず、人によってはその調べは、太郎さまを慕《した》うように聞こえた、とか」

厳《おごそ》かな顔つきで香西は話を締めくくった。

「こりゃ、怨念が深いですね」

長吉が感想を述べたてると、

「そうだよ。おれはな、辣腕《らつわん》の八丁堀同心という立場からして、男女の深情け、この世で一緒になれなかった者の無念、それゆえの心中《しんじゅう》を嫌というほど見てきた。まあ、とにかく、惚れあった男女の怨念というのは強いし、深いもんだよ」

得意顔で寅太郎は言った。

「さすがは、寅の旦那だ」

「練達《れんたつ》の同心というのはな、男女の機微《きび》に通じているものさ。もっとも、そんな同心は南北町奉行所でも、鬼塚寅太郎さまくらいだがな」

すっかりと寅太郎が天狗《てんぐ》になったところで、菊麻呂は冷静に感想を述べた。

「なるほど、横笛のいわれがよくわかりました」

寅太郎はというと、感慨深《かんがいぶか》そうに虚空《こくう》を見つめる。

「もしかすると栄相さんは、乙女の怨霊に取り憑《つ》かれて殺されたんじゃないのか。そうだよ、そうに決まっているさ。乙女は栄相さんに憑いて、笛を吹いていたんだ。太郎が来るまでな……なんだか、世の無常を感じるな」

「するってえと、栄相さまを殺したのは乙女さまの亡霊ってこってすか。それで、賭場のあがりを奪ったのも乙女さまの仕業《しわざ》ですかね」

長吉が確かめると、

「そうだろうよ。この世にはな、摩訶不思議《まかふしぎ》、人の知恵ではわからないことがあるんだ。おれはな、辣腕の八丁堀同心として大勢の男女の死にざまを見てきたから、よくわかるのさ。ま、おまえらにはわからんだろうがな」

ついさっきまで、幽霊なんぞいるものか、信じている奴は馬鹿だ、などと豪語していたが、舌の根も乾《かわ》かぬうちに前言《ぜんげん》をひるがえすのは、いかにも寅太郎らしい。

いや、ひるがえしたことを意識もしていないのだろう。

「じゃあ、下手人を捕らえるのは無理ですか」

「無理だ。おれだって幽霊をお縄にすることはできねえよ」

寅太郎が返したところで、菊麻呂が笑いをこらえるように言った。

「では、賭場のあがりも返ってきませんね」

「旦那、もしかすると幽霊が怖いんじゃござんせんか」

長吉が、からかうような言葉を投げかけた。

「馬鹿言え、おれは恐いものなんかないんだ」

強がるように、寅太郎は目をむいた。

「幽霊が人を殺すなど、ありえないと思います。きっと、栄相さんは人によって飢え死にさせられたんです」

菊麻呂が目をきらきらと輝かせた。

寅太郎も気持ちを落ち着け、

「ふむ、言われてみればそうだな……よし、なにはともあれ聞き込みだ」

ようやくのこと、八丁堀同心らしい指示を出し、長吉は子分たちと庫裏を出ていった。

「さて、おれたちは……」

どうするか、と寅太郎が判断に迷っていると、

「お寺の近くに茶店《ちゃみせ》がありましたね。寅さん、団子《だんご》でも食べませぬか」

菊麻呂が誘った。

「団子なんか食っている場合か……と言いたいところだが、子どもにそんなことを言うのも酷《こく》ってもんだ。いいだろう、団子でも食うか」

菊麻呂のせいにして、寅太郎は受け入れた。

五

門前町の茶店では、年増《としま》の女中が接客にあたっていた。女中は小太りで丸顔、気さくに客と語らっている。

寅太郎が草団子《くさだんご》とお茶を注文すると、すぐに用意され、

「まあ、利発《りはつ》そうなお坊ちゃんですね。旦那の息子さん……にしちゃあ大きいですね。弟さんですか。あんまり似ていないけど」

などと女中は寅太郎に語りかけた。

親戚の子だ、と答えてから、寅太郎はむしゃむしゃと草団子を頰張《ほおば》りはじめる。

菊麻呂は草団子には手をつけず、お茶をひと口飲んだだけだ。

「なんだ、食べないのか。なら、もらうぞ。食べ残しはよくないからな」

寅太郎は菊麻呂の返事を待たずに、手を伸ばした。

その間も菊麻呂は、じっと女中を見つめている。

客たちから「お縫《ぬい》さん」と呼ばれて、親しげに彼らと語らっていた。

どこどこの家で赤子《あかご》が産まれた、夫婦喧嘩をしていた誰々が仲直りをした、などというたわいもない近所の話である。

「なんだ、あの女中と知りあいなのか。いや、そんなわけないよな。関白さまが江戸の町人をご存じのはずはないもの。すると……ははあ～ん、麻呂は年増好みか。ませた餓鬼《がき》だと思っていたが、都のお公家さまは女に手が早いと聞いたことがあるぞ。それにしても、変わった趣味だな。蓼食《たでく》う虫も好き好きってやつか」

ひとり合点して、寅太郎はおかしそうに笑った。

それも無視し、お縫の手が空いたところで、

「すみません、お茶のお替わりをください」

菊麻呂は頼んだ。

「お茶ならまだあるぞ」

寅太郎は言ったが、お縫は親切にも大きな急須《きゅうす》を持ってきた。

「ここに置いておきますね」

お縫の気遣《きづか》いに礼を言い、菊麻呂はさりげなく語りかけた。

「あのお寺、なんだか怖いですね」

お縫は山門を振り返りながら、

「怖いっていうのはあれでしょう。賭場が開かれるからでしょう」

と、視線を菊麻呂に戻した。

根っからの話好きのようで、楽しそうな顔つきである。ここで、寅太郎が八丁堀同心だと気づき、

「いえね、そんな噂があるんですよ。あたしは見たことないですけどね」

などと、あわてて取り繕《つくろ》った。

寅太郎は、気にするな、と応じる。

「賭場以外のことです。なんでも、幽霊が出るそうじゃありませんか」

菊麻呂の言葉に、

「幽霊……」

お縫はきょとんとなった。

「そうです」

「幽霊ね……いかにも出そうなお寺ですけど、あたしは聞いたことがないわね。どんな幽霊なんですか」

興味津々の目でお縫は言った。

すると寅太郎が、横笛を奏でる真似をした。

「旗本のお嬢さんの幽霊だよ。惚れた旗本の息子との道ならぬ恋が叶わず、焦がれ死にをしてしまったんだ。それで、惚れた男を待つために、夜な夜な笛を吹くらしいぜ。その笛の音の哀しいこと、妖艶《ようえん》なこと……」

ところが、風流とは無縁のがさつな風体《ふうてい》とあって、まったく信憑性《しんぴょうせい》がない。

「そんな幽霊が出るんだったら、評判になりそうですけどね」

お縫は首を傾げるばかりである。

「おまえ、ここの女中になって日が浅いんだろう」

寅太郎が不愉快そうに問いかけると、心外だとばかりにお縫は言いたてた。

「そんなことないですよ。もう十年も働いてます」

「この店で十年も働いて、乙女と太郎の逢瀬も、悲劇の死も、幽霊話も知らないのか。おまえ、いったい、なにをやってきたんだ。茶店にはな、界隈《かいわい》のいろんな噂が流れるもんだぞ。ただ、ぼおっと茶や団子を運んでいりゃいいってもんじゃないんだぜ」

賢《さか》しらげに、寅太郎は小言を言いたてた。

「そんなわけありませんよ」

むきになってお縫は反論する。

「だったら、悲恋話や笛の幽霊を知らないはずないだろう！」

大人げなく、寅太郎もむきになる。

こうなると、お縫も意地になったようだ。

「そんな噂、この界隈じゃありません」

「おまえが知らないだけだ」

寅太郎が決めつけたところで、

「お縫さんは耳聡《みみざと》い方だと思いますよ。近所の事情に精通《せいつう》しているはずです」

菊麻呂がお縫をかばうと、わかってくれた、とお縫は微笑《ほほえ》んだ。

「どうして、そんなことがわかるんだ。あ、そうか、麻呂はやっぱり年増好みなんだな。それでお縫に味方するんだ」

へそ曲がりゆえの強引な寅太郎の言葉を聞き流し、

「お縫さんはお客さんたちと気さくに言葉を交わし、しかも、近所の誰々に赤子が産まれたとか、喧嘩していた夫婦の仲が戻ったとか、いろいろと知っていました。幽霊話のような派手《はで》な噂を知らないはずはありません」

菊麻呂が説明を加えると、

「そうですよ」

お縫は得意げに胸を張る。

「そりゃ一理《いちり》あるな……でもな、いくら耳聡いと言っても、知らないこともある。主《あるじ》にも確かめてくれ」

寅太郎は菊麻呂の言い分を受け入れつつも、念のために確認することにした。

お縫は根に持つことはなく、奥に引っこんでいった。

ほどなくして、主と思《おぼ》しき初老の男と一緒に、菊麻呂と寅太郎の前に立った。

主は寅太郎にお辞儀をしてから、

「お旗本のお嬢さまの幽霊の話ですか……はて、手前の知るかぎりは耳にしたことはございません。あいすみません、お役に立ちませんで」

「謝ることはないさ。あんたは、ここで何年商いをやっているんだ」

なおも、寅太郎は確かめた。

「かれこれ、三十年以上ですな」

「妙なことを聞いてすみませんでした」

菊麻呂が詫びると、

「悪かったな、妙な絡《から》み方をしてよ。お詫びに、草団子のお替わりをするよ」

と、謝意というよりは食欲に駆られて、寅太郎は草団子を追加した。


一時後、菊麻呂と寅太郎は寺の庫裏で、長吉からの報告を聞いた。

「それがですよ、昨晩はとくに怪しい人物を見た者はいないんです」

「おいおい、おまえらの聞き込みが不十分なんじゃないのか。まさか、茶店で団子でも食らっていたんじゃないだろうな」

みずからを棚《たな》にあげて、寅太郎は長吉を責めたてた。

「そんなことありませんよ」

むきになった長吉に、なおも詰め寄ろうとした寅太郎を、菊麻呂がかばった。

「寅さん、長吉親分は怠《なま》けていないと思いますよ」

「さすがは関白殿下。人を見る目が違いますね」

それ見たことか、と長吉は寅太郎に視線を向けた。

「では、栄相さんの評判はどうでしたか」

あらためて、菊麻呂は長吉に問いかける。

「おっと、それだった」

長吉は額《ひたい》をぴしゃりと叩き、

「あまり、栄相さまを見知っている者はいないんですよ。そりゃ、そうですよね。ここは別院で、修行で訪れる前は、下野の本寺にいらしたんですから」

ここまで語ったところで、

「要するに飢え死に坊主について、役に立つ話を聞きだせなかったってことだろう」

身も蓋《ふた》もなく、寅太郎が吐き捨てた。

「まあ、そうですがね……」

「それでも、なにか別なことを聞きませんでしたか。どんな些《さ》細《さい》なことでもいいですから」

柔和《にゅうわ》な表情を浮かべ、菊麻呂は問いかけた。

「あるわけないだろう」

という寅太郎を相手にせず。

「そう言えばひとつ、妙というか、おやっとなることを耳にしましたよ」

長吉が言うには、栄相が別院にやってきたばかりのころだったという。

「出入りの植木屋がですよ、境内の枝を伐採していたそうなんです。そのとき、うっかり枝切の鋏《はさみ》を落としてしまって」

その鋏が、栄相の前に落下した。危うく栄相に当たるところだった。

「それで植木屋は肝《きも》を冷やし、平謝りに謝ったそうなんです」

「栄相さんは高僧だ。おれと違って怒声を浴びせることなく、穏《おだ》やかにお許しになったんだろ」

さすがにがさつ極まる寅太郎も、自分のことはわかっているようだ。

「まあ、お許しにはなったんですがね、鋏が落ちた直後は、そりゃあもう、えらい剣幕《けんまく》でお怒りになったそうで」

「それはそうだろうよ、どんな高僧だって、所詮《しょせん》は人だからな。生きたまま仏にはなれないさ」

無関心な寅太郎に対して、菊麻呂は興味を示した。

「そのときの様子、くわしくわかりませんかね」

「そうですね……」

と、長吉が言ったところで、

「おい、ちょっと待て。こっちに来い」

窓の格子の隙間から男が通ってゆくのを、長吉は呼び止めた。件《くだん》の植木屋だそうだ。

庫裏に入ってきた植木屋は、何事かと戸惑《とまど》っている。

「さっき聞かせてくれた、栄相さまに危うく鋏を落としそうになった一件について、くわしく教えてほしいんだ」

長吉が頼むと、植木屋は戸惑い顔のままうなずいた。

「そのとき、栄相さまは激怒なさったんだよな」

誘い水のように長吉に確かめられると、

「そ、そうなんですよ。そりゃ、悪いのはこっちですし、万が一、当たりどころが悪かったら、命はともかく、大怪我になったかもしれませんからね。お怒りはごもっともなんですが」

それにしても怖かった、と植木屋は言い添えた。

「どんな風にですか。たとえば、地獄に堕ちるぞ、などと脅されたとか」

菊麻呂が問いかけた。

「いえ、そうじゃないんですよ。その、なんて言ったらいいか」

植木屋が思案をすると、

「焦《じ》れってえな。さっさと答えろ！」

寅太郎は怒声を浴びせた。

すると植木屋は、はっとした様子で、

「そうそう、そんな具合です。住持さまは、八丁堀の旦那のように目をむいて、伝法《でんぽう》な物言いをなさったんです。すごい癇癪《かんしゃく》でした。高僧って聞いていましたから、びっくり仰天してしまったんです。もっとも、落ち着かれてからは穏やかになられて、お許しくださったんですがね」

びっくりしましたよ、と胸を撫でおろす。

礼を言って植木屋が去っていったあと、

「どうでもいい話だったな。栄相さんはな、修行に入ろうってときだったから、気が立っていたんだろうよ。勘繰ることはないさ」

寅太郎は事もなげに切り捨てた。

菊麻呂は黙っている。

　すると、寅太郎は焦れたように、

「おいおい、いったいどういうことだ。住持さんは殺されたのか、それとも単に衰弱しただけなのか。それと、笛の音の幽霊は」

　疑問点を、次から次へと口に出した。

　それでも菊麻呂は、静かに瞑目《めいもく》している。その姿は、おかしがたい威厳を漂《ただよ》わせており、さすがの寅太郎も声をかけられない。長吉も邪魔をしないように、口をつぐんでいた。

　ほどなくして、菊麻呂の目が開かれた。

「見えました」

　菩薩《ぼさつ》のような笑みを浮かべ、菊麻呂は言った。

六

　菊麻呂たちは香西を呼び寄せると、一緒に御堂に入り、腰をおろした。

「で、麻呂、栄相さんは殺されたのか、衰弱死なのか、どっちなんだ」

　寅太郎らしく単刀直入に問いかける。

「まあ、その前に、順番に考えてみましょう」

大人びた雰囲気を醸しだして、菊麻呂は言った。反発するように寅太郎は腰を浮かしたが、長吉に着物の袖をつかまれて、浮かした腰を落ち着けた。

「まず、栄相さんについてお聞きします。栄相さんの素性について教えてくださ
い」

「さきほどもお話ししましたが……」

戸惑う香西に、菊麻呂が確かめる。

「京都五山で修行を積み、比叡山、高野山の千日回峰も成し遂げたのですね」

「そうですが……」

「本当ですか」

念入りに、菊麻呂は問いを重ねる。

「本当です」

言葉とは裏腹《うらはら》に、香西の声は小さくなってゆく。

「そうですかね、わたしにはそうは思えませんが」

菊麻呂は首を傾げた。

「どうしてです」

「なぜだ」

香西と寅太郎が、同時に声を発した。

ふと菊麻呂は、文机の上にある帳面を手に取った。

真っ白で、一文字も書かれていない。

続いて、巻物、経典を手にする。

「写経なさるはずが、一行どころか一文字も記されておりません。これは、どういうことでしょうね」

菊麻呂の疑問に、

「お身体が弱ったからではないでしょうか」

弱々しく香西は答えた。

「わたしもそう思いました。ですが、この帳面は、おそらく触《さわ》ったこともないほどに真新しいままなのです。衰弱していたとしても、巻物、経典を開きはするでしょう。さらには、この筆です」

菊麻呂は巻かれたままの巻物、閉じられて積まれたままの経典、そして筆箱に視線を移す。

「硯《すずり》には水も入れていないようです。筆も使われたようには見えません」

どういうことでしょうね、と菊麻呂は香西に問いかけた。

「なるほど、そりゃ怪しいな」

寅太郎も疑念を抱いた。

「どうですか」

「それは……」

香西の額から、汗が滴《したた》り落ちた。

「香西さんが答えられないのであれば、わたしが申しましょう」

凛《りん》とした表情となり、菊麻呂は前置きをした。

「栄相さんは、読み書きができなかったのです」

菊麻呂の台詞《せりふ》を、寅太郎は大声で否定した。

「そんな馬鹿な！」

「そりゃないでしょう。京都五山で修行を積まれた偉いお坊さまなんですよ」

長吉も、わが耳を疑うように疑問を呈した。

うつむいたまま、香西は黙っている。

「香西さん、お答えください。栄相さん……いや、栄相と名乗っていた男は、字を読むことも書くこともできなかったのですね。だから、南京錠の開け方を記した書付《かきつけ》が理解できなかった。したがって、御堂から出られなかったのです。助けを呼ぼうと笛を吹きましたが、身体は衰弱し、弱々しい……そう、まるで亡者の笛にしか聞こえなかった……それから、乙女と太郎の幽霊話、あれは香西さんが作ったのですね」

静かに菊麻呂は語り終え、香西を見据《みす》えた。清流のように澄んだ瞳が、神々《こうごう》しいまでの輝きを放つ。

寅太郎も口をはさむことなく、香西に視線を注《そそ》いでいる。

うなだれていた香西は、ようやくのこと顔をあげ、

「おっしゃったとおりです。あの男は、栄相さまではありませんでした。栄相さまを騙《かた》る、やくざ者であったのです」

と、打ち明けた。

「へ〜え」

長吉が驚きの声をあげた。

「じつに狡猾《こうかつ》な男だったのです。まんまと騙《だま》されました」

ふたたび、香西はうなだれた。

住持として栄相が到着した直後、やくざ者の助五郎《すけごろう》が宗龍寺に盗みに入った。

だが、住持不在だと思っていたが、そこには着いたばかりの栄相が居た。咄嗟《とっさ》に助五郎は栄相を殺し、栄相に成りすましたのだという。

栄相は寺に着くと同時に、ほとんど誰とも顔を合わせず自室に籠り、旅の疲れを癒していたらしい。

栄相の顔をろくに知らなかった香西たち僧侶は、まさか偽者が成りすましたとは思いもせず、助五郎を宗龍寺の住持として迎えたのだ。

その後、宗龍寺別院の寺宝がなくなるようになった。

「助五郎は、わたしたちの前では経を読むことはなく、避けていました」

徐々《じょじょ》に不審感を募《つの》らせた香西は、別院での断食修行を持ちかけてみた。

「耐えられなくなったらいつでも出られますからと、文机の抽斗に鍵を入れました」

ここまで香西が語ったところで、

「南京錠は、観音扉の内側から掛けられていました。香西さんが掛けたんじゃないですよね」

菊麻呂が問いかけた。

「ええ。助五郎が掛けました。修行をやり遂げようが、途中で離脱しようが、褒美とし礼金が出されると言いました」

その際、香西は、別院で開帳されている賭場のことも打ち明けた。断食に耐えた日数に応じて、賭場のあがりを住持さまに献上します、と甘言《かんげん》を弄《ろう》したのだった。

偽の栄相は、まんまと引っかかった。

案の定、助五郎は鍵の開け方がわからず、餓死した。

「そのとき、わたしは馬鹿馬鹿しくなってしまいました。助五郎への怒りもあり、自分が苦労して宗龍寺を存続させたのに、あまりにも報われない無力感もありました……次の住持に成れると思ったのに……」

事実上、これまで香西は、住持の役目を果たしてきた。自分こそが次の住持だと自負していたのに、檀家たちは香西が歳若いというだけで、都の五山から然るべき高僧を迎えると決めた。

結局のところ、偽栄相は死んだが、香西は住持には就けなかった。

「それで……」

言葉を詰まらせた香西に代わって、

「賭場のあがりに手を出しなすったんですね」

静かに長吉が問うと、香西は力なくうなずいた。

その答えを聞いた長吉は、小袖の襟に手を入れ、胸毛をごしごしと掻いた。

香西は江戸所払《えどところばら》いとなった。

これを機に、回国《かいこく》修行の旅に出るそうだ。

奪った賭場のあがり、およそ百五十両は、長吉に返された。長吉は寅太郎に、約束の七十五両を支払った。

寅太郎は遠慮なく受け取ったが、そっくり餞別《せんべつ》だと言って、香西に与えた。

「麻呂、これが、江戸っ子の心意気ってもんよ」

寅太郎は誇るように、菊麻呂に言った。

悪党面が、心なしかはにかんでいた。

「寅さん、すごいです。賭場のあがりという御法度《ごはっと》なお金とはいえ、そんな大金を手にしたら、粋《いき》な江戸っ子でも着服したくなります。それを寅さんは、そっくり香西さんに差しあげたのです。人によっては、盗人に追い銭と批難するかもしれませんが、わたしは寅さんの善意に感心しました。江戸っ子の心意気についても見聞を広め、勉強になりました」

寅太郎の施《ほどこ》しに対する辛辣《しんらつ》な論評も入っているのだろうが、菊麻呂に悪意はないのだろう。

「盗人に追い銭とは、ずいぶんと粋な言葉を知っているな」

寅太郎は、がははと笑った。

菊麻呂は、ますます寅太郎が好きになった。

第三話　忍者道楽

一

「麻呂、今夜、おれは帰らないからな。ひとりでお留守番だ」

神無月の一日、すっかり冬めいた昼さがりである。

今日は非番で、寅太郎は八丁堀の組屋敷で、ごろごろとしていた。肌寒い風が吹きすさび、おまけに曇天模様《どんてんもよう》である。

「宿直《とのい》ですか」

菊麻呂が問うと、得意そうに寅太郎は返した。

「ちょっとした宴席に呼ばれているのさ。金持ちの商人が、おれを接待してくれるんだよ。おれくらい有名同心になるとな、あちらこちらからお呼びがかかるってわけだ」

「それはすごいですね。さすがは寅さんです」

素直に、菊麻呂は誉《ほ》めた。邪気《じゃき》のない笑顔は、いかにも育ちのよさ、近衛家の血筋を感じさせる。

菊麻呂の素直さに寅太郎は気が引け、

「すごいってほどじゃないがな。実際、おれじゃなくても、八丁堀同心というのは裕福な商人に奢《おご》られるもんだ」

正直に打ち明けた。

ところが、

「そうなんですか。やはり、町方の役人と誼《よしみ》を通じるのは、商いのうえでも有益なんですね。たしかに、ともに飲み食いすれば、気持ちが知れるものです。寅さんが世情に通じているのは、分け隔《へだ》てのない付き合いのおかげなんですね」

かえって菊麻呂は感心した。

誰にも分け隔てがないのは菊麻呂だ、おれは損得、銭金で付き合いが変わる……と寅太郎はますます気が引けた。

すると、

「ごめんください」

という声が聞こえた。

「おお、迎えが来たな」

上機嫌で寅太郎は腰をあげ、玄関に向かった。

「行ってらっしゃい」

明朗《めいろう》な声音で、菊麻呂は寅太郎を送りだす。

ところが、

「近衛菊麻呂さまはいらっしゃいますか」

という声が聞こえた。

訝《いぶか》しみながら、菊麻呂も玄関にやってきた。

縞柄《しまがら》の小袖《こそで》に前掛けを身に着けた若い男が立っている。前掛けには「伊賀屋《いがや》」という屋号が記されていた。

「麻呂を呼びましたか」

菊麻呂は問いかけた。

男は、神田司町の呉服屋《ごふくや》、伊賀屋の手代《てだい》で段蔵《だんぞう》だと名乗り、深々と腰を折った。物腰がやわらかく、商人と言うよりは役者のような男前である。呉服を買い求める女房連中の接客には、もってこいの人物だろう。

「菊麻呂さまでいらっしゃいますか。なるほど、高貴で利発なお顔立ちでいらっしゃいますね。いやあ、菊麻呂さまにお会いできまして、手前は末代《まつだい》までの誉《ほまれ》といたしとうございます」

歯の浮くようなお世辞《せじ》だが、段蔵の口から発せられると嫌味がない。意図《いと》がわからず、菊麻呂は首を傾《かし》げた。

「なんだ、迎えにきたのは、おれじゃなくて麻呂だったのかよ」

寅太郎はへそを曲げたようにむくれた。

「呉服を頼んだ覚えはありませんが……」

菊麻呂の疑問に、段蔵は揉《も》み手をした。

「主《あるじ》の三太夫《さんだゆう》が、ぜひとも菊麻呂さまをお連れしろ、と」

「あの……どういう御用向きでしょうか」

「菊麻呂さまの御指南《ごしなん》を受けたまわりたい、との希望でして」

ぺこぺこと頭をさげ、段蔵は頼んできた。

「わたしに指南できることなどありません」

断ろうとしたが、ぜひともお連れしろと主に言づけつけられている、と段蔵は懇願《こんがん》し、御馳走《ごちそう》も用意しております、と言い添えた。

御馳走という言葉に、むしろ寅太郎のほうが頰《ほお》をゆるませた。

それを敏感に見て取り、

「では、寅さんも一緒にうかがっていいですか」

菊麻呂は確かめた。

段蔵は一瞬口をつぐんだが、

「それはもう、ぜひとも」

わざとらしいくらいの笑顔を向けた。

「おれは麻呂の付き添いかよ」

むくれたように寅太郎は返したが、

「ま、いいだろう、麻呂の頼みとあれば、むげにもできぬ。それにどうやらおれの接待より、美味いものが出そうだぜ。目がまわるほど忙しい身ではあるが、特別に付き合ってやるとするか」

と、いかにも勿体《もったい》ぶって応じた。

寅太郎たちは玄関を出た。

木戸門には、すでに駕籠《かご》が待っている。土埃《つちぼこり》が舞いあがり、冷たい風に追いたてられるようにして、寅太郎が乗りこもうとしたところを、

「すみません、お駕籠には……」

遠慮がちに、段蔵が止めた。段蔵の意図に、すぐさま気づき、

「わかったよ。おれは、駕籠の横で付き添えばいいんだろう。どうせ、おれは麻呂の添え物だ」

大人げなく口を曲げた。

「寅さん、どうぞ。わたしは歩いてゆきます」

人間ができている菊麻呂は譲《ゆず》ろうとしたが、

「いいから、乗りな」

意地になって、寅太郎は菊麻呂を駕籠に押しこんだ。

「では、まいります」

と、段蔵が駕籠かきに声をかけた。

菊麻呂を乗せた駕籠は、粛々《しゆくしゆく》と出発した。

向島《むこうじま》にある伊賀屋の主、三太夫の寮の広い敷地は、生垣《いけがき》がめぐらされ、裕福な庄屋《しょうや》の屋敷といった趣《おもむき》であった。周囲には、田畑と雑木林が広がっている。

母屋《おもや》は藁葺屋根《かやぶきやね》だが、檜造《ひのきづく》りという贅沢《ぜいたく》さであった。

池には彩《いろど》り豊かな鯉《こい》が泳ぎ、まわりに季節の花々が植えられている。

「主の三太夫は、呉服屋という商売柄、とても身形《みなり》に気を遣《つか》います。同じ服は、絶対に二日続けて着ません。そのような美に対する意識が、身形だけでなく屋敷の造りや調度類、趣向にまで表れているのです」

道々《みちみち》、伊賀屋とその主の三太夫について、段蔵から説明を受けていた。

伊賀屋は幕府開闢《かいびゃく》以前、徳川家康《とくがわいえやす》が関東を治めることになった天正《てんしょう》十八年（一五九〇）に、江戸で商いをはじめた。

というのも伊賀屋の先祖は、屋号が示すように伊賀国の出身で、「神君伊賀越《しんくんいがご》え」に貢献《こうけん》したのだった。

神君伊賀越え……すなわち、織田信長《おだのぶなが》が明智光秀《あけちみつひで》の謀反《むほん》により横死した際、堺《さかい》を遊覧していた家康一行は、光秀の追手の脅威にさらされた。

領国の三河《みかわ》に戻るとき、経由した伊賀の国人たちに守られ危機を脱した。

その後、家康が関東に移り、本拠《ほんきょ》と定めた江戸の町造りのため、多くの商人を呼び寄せた際に、伊賀屋の先祖も呉服の商いをはじめたのである。

「どうぞ」

段蔵に案内されて母屋に入ってみると、

「なんだ」

寅太郎が素《す》っ頓狂《とんきょう》な声を出したように、三和土《たたき》には、芝居や錦絵《にしきえ》に描かれるような石川五右衛門《いしかわごえもん》の姿があった。

「いらっしゃいまし」

五右衛門は、芝居がかったように目をむいて挨拶《あいさつ》をした。屋敷の使用人を扮装でもさせているのだろうか。

「いったい、これはなんだ」

寅太郎が、段蔵に問いかけた。

「本日の趣向《しゅこう》でございます」

段蔵は答え、広間にまいります、と言い添えた。

「ふ〜ん」

周囲をきょろきょろと見まわしながら、寅太郎たちは段蔵に続いた。その後ろを、五右衛門が菊麻呂を守るようにして付き従う。

途中、書院を通ると、襖《ふすま》が開いており中がのぞけた。

お大尽《だいじん》の書院なので、さぞや高価な装飾が施《ほどこ》されているのだろうという寅太郎の予想に反し、これといった派手《はで》さはなかった。

床の間には掛け軸こそ掛けられていたが、豪勢な青磁《せいじ》の壺《つぼ》などは置かれていない。

なんだか物置きのようで、いかにも殺風景《さっぷうけい》な空間に、寅太郎は肩透《かたす》かしを食った。

段蔵が先をうながして、一行は広間に出た。

すでに食膳が用意してあり、漆《うるし》の器、伊万里《いまり》焼《やき》の皿など食器類もきらびやかである。

そのなかで、ひときわ大きな皿が置かれてあった。おそらくはこれも伊万里であろう。

「おいおい、豪華なのはわかるし、目の保養にもなるがな。野暮《やぼ》を承知で言えば、ここでは料理を味わうんだろう。皿だの壺だのの目利きの場じゃないぞ」

遠慮会釈《えんりょえしゃく》なしに寅太郎が文句を言いたてると、段蔵が、薄笑いで返した。

「その皿には、料理が盛りつけられております」

「馬鹿野郎、どこに目がついているんだ。ただの皿じゃねえか」

顔をしかめた寅太郎をよそに、菊麻呂が小声で教えた。

「河豚《ふぐ》ですよ」

それでも寅太郎は、

「ふく……着物か」

などと、頓珍漢《とんちんかん》なことを口にするありさまである。

それでも大皿を両手で持って目を凝らしてみると、

「あれ……なにかあるな」

「河豚のお造りでございます。上方《かみがた》では、てっさ、と呼んでおります」

段蔵は答えた。

「そうだ、聞いたことがあるぞ。上方では河豚を鉄砲《てっぽう》と呼ぶそうだな」

寅太郎が言ったように、毒のある河豚を鉄砲に当たるという意味で、上方では鉄砲と呼んでいる。したがって「河豚ちり」は「てっちり」、河豚刺し身は「てっさ」などと称されていた。

腕利きの料理人は、寅太郎が見誤ったように、透けて見えるほど薄く身を切り落とし、皿に並べる。華麗《かれい》な伊万里焼の絵柄を引きたてると同時に、包丁捌《さば》きの見事さをも際立《きわだ》たせるのだ。

「へ～え、これが河豚か。おれは銚子で漁師をやっていたが、河豚は獲らなかったし、食べたこともなかったなあ」

素直に寅太郎は感心した。

そもそも幕府は、毒性ゆえに河豚食を禁じていた。

そうは言っても、恐いもの見たさ、あるいは食通を自任する者たちのなかには、意地や自慢のために食する者も少なくはない。

といって、表立って河豚を出す料理屋はなく、あくまで秘密裏《ひみつり》に料理されるとあって、当然ながら高価である。とてものこと、庶民の口に入る魚ではない。

「鬼塚さま、お咎《とが》めになりますか」

冗談混じりに言いつつ、段蔵は小さな湯呑《ゆのみ》を差しだした。

湯気が立ちのぼっており、寅太郎は大きな鼻をくんくんとさせた。

「おお、こりゃ、いい匂いだな」

「河豚の鰭酒《ひれざけ》でござります」

湯呑の淵《ふち》から、河豚の鰭がはみだしている。炙《あぶ》った鰭を燗酒《かんざけ》に浸《ひた》したもので、寅太郎はひと口すると満面に笑みを広げ、

「苦しゅうない。余は満足じゃぞ」

と、すっかり上機嫌で言いたてた。

「それは、ようございました」

微笑《ほほえ》みながら、段蔵は答える。

一方、菊麻呂のほうには、菓子が用意された。

「炙り団子ですね」

愛想よく、菊麻呂は言った。

小指の先ほどの団子が五つ、串に刺してある。団子はこんがりと焼かれ、甘い白味噌《しろみそ》のたれに包まれていた。一本を手に取るや、菊麻呂はあっという間に、五つの団子を平らげた。

「お気に召しましたでしょうか」

段蔵の問いかけに、菊麻呂は満足そうにうなずいた。

「ときおり、都で食べていました」

「おいおい、こんなちっぽけな団子じゃあ、とても腹の足しにはならんな。子どもも向けか。おれには別な肴《さかな》を頼むぜ」

「寅さんには不足でしょうね」

寅太郎の注文に、菊麻呂は微笑んだ。

ほどなくして、広間に主の三太夫がやってきた。三太夫は、綾錦《あやにしき》の小袖に綸子《りんず》の羽《は》織《おり》を重ねた肌艶《はだつや》のよい男であった。

おそらくは四十路《よそじ》に入った頃合いで、まさに働き盛りであろう。

三太夫は恭《うやうや》しく菊麻呂に挨拶をし、寅太郎にも一礼した。

「近衛菊麻呂さま、いやあ、儒者髷《じゆしやまげ》と白の狩衣《かりぎぬ》が、じつにお似合いでございますな。光源氏《ひかるげんじ》か在原業平《ありわらのなりひら》か……」

三太夫が菊麻呂を誉めちぎると、

「おれには、若い神主《かんぬし》にしか見えないけどな」

と、寅太郎はくさした。

それを無視し、三太夫はおもねるように言う。

「本日は、四方山話《よもやまばなし》をしたいと存じます。ぜひとも、そのご感想などをお聞かせ願えれば幸いでございます」

「ですがわたしはまだまだ未熟者で、話相手として貴殿が果たして満足なさるかどうか……」

菊麻呂が謙遜《けんそん》すると、寅太郎が胸を張った。

「そんな情けないことを言うなよ。おれも助けてやるぜ」

「それは心強いです」

にこりと菊麻呂が微笑んだところで、

「では」

と、三太夫はひとつ空咳《からぜき》をしてから話しはじめた。

二

「つかぬことをうかがいますが、忍者で一番は誰だと思いますか」

唐突《とうとつ》で意外な問いかけである。

「忍者だと……」

寅太郎が反応した。

あんたに聞いていない、と言うように三太夫は顔を歪《ゆが》ませたが、じきに笑顔を取り繕《つくろ》い、

「誰だと思いますか」

と、お義理で寅太郎にも聞いた。

「そりゃ、服部半蔵《はっとりはんぞう》だろう」

当然のように寅太郎は答えた。

対して三太夫は、伊賀の郷士《ごうし》、百地三太夫《ももちさんだゆう》だと主張した。

「あんた、同じ名前だから、百地三太夫を買っているんじゃないのかい」

寅太郎の勘繰《かんぐ》りに、三太夫は血相《けっそう》を変えて、

「三太夫は大勢の忍者を育てたのですぞ。その代表が、石川五右衛門ですな」

強く言いたてると、石川五右衛門に扮装した男を呼び寄せた。

「石川五右衛門は大泥棒だろう。名古屋《なごや》城《じょう》の金の鯱《しゃちほこ》を盗んだ罪で、太閤秀吉に釜《かま》茹《ゆ》でにされたじゃないか。五右衛門は忍者じゃなくて盗人《ぬすっと》だよ」

寅太郎が断じると、三太夫は菊麻呂に視線を向け、

「わたしは五右衛門が忍者だったことを、あきらかにしたいと思っております。菊麻呂さま、本日お招きしましたのは、あなたさまに、石川五右衛門が伊賀の忍びであり、百地三太夫の高弟《こうてい》であったことを証明する手助けを願いたいのです」

と、頭をさげた。

「わたしは、忍者について深い知識はありません。もっと見識ある方がいらっしゃいましょう」

やんわりと菊麻呂は断ったが、それでも三太夫は引かない。

「じつは、近衛《このえ》前久《さきひさ》公の日誌を手に入れたのです。前久公は、石川五右衛門の素性について記しておられます。ただ、情けないことに、達筆《たっぴつ》すぎて浅学《せんがく》のわたし

には理解できません。それを読み解いていただきたいのです」

近衛前久は、戦国の世を生きた近衛家の当主で、関白、太政大臣《だじょうだいじん》を歴任した。公家の頂《いただ》きに立ちながら好奇心旺盛《おうせい》で、越後《えちご》の上杉謙信《うえすぎけんしん》、薩摩《さつま》の島津義久《しまづよしひさ》を訪ねたり、織田信長の武田征伐《たけだせいばつ》の軍勢に同行している。

信長、秀吉、家康との交流も深く、政《まつりごと》にも関与し、世情にも明るかった。

そんな前久が石川五右衛門について記しているとなれば、五右衛門の人となりを知るうえで、さぞや貴重な史料であろう。

「御先祖さまの日誌には、わたしも興味があります。では、拝読しましょう」

そういうことならと、菊麻呂は了承した。

「ではさっそく……と言いたいのですが、今宵《こよい》は楽しんでください。明日の朝、日誌をお見せします」

三太夫は両手を打ち鳴らした。

すると、忍者装束に身を包んだ十人ばかりの男たちが入ってきた。

彼らは、三太夫や菊麻呂たちに一礼してから、庭に出た。暮れなずむ庭には、篝火《かがりび》が焚《た》かれている。

「失礼します」

と、三太夫は席を外した。

代わって段蔵が教えてくれる。

「旦那さまが贔屓《ひいき》にしておられる旅芸人、桃山銀之丞《ももやまぎんのじょう》一座です。石川五右衛門に扮《ふん》しているのが、座長の銀之丞です」

どうやら使用人ではなく、芸人が扮していたらしい。

「忍者道楽の旦那のために、忍者の真似事をしなきゃならないとは、芸人ってのも大変だな」

寅太郎は失笑した。

すると、一座にひとりの男が加わった。忍者装束ではなく、黒小袖に黒の十徳《じっとく》を重ね、袴《はかま》を穿《は》いている。総髪《そうはつ》は白髪混じりであった。

「忍術指南の、甲賀玄斎《こうがげんさい》先生です」

またもや段蔵が説明した。

なんでも、甲賀玄斎は甲賀忍者の末裔《まつえい》だそうだ。甲州流《こうしゅうりゅう》の軍学者であると同時に、忍者研究における第一人者だという。

三太夫は玄斎から忍者について学び、忍術の指南を受けているらしい。

銀之丞一座はトンボを切ったり、宙返りをしたり、はたまた、木にのぼり爆竹《ばくちく》を弾《はじ》けさせた。

ふと、銀之丞の姿が見えないことに気づくと、なんと凧《たこ》があがっていて、五右衛門が張りついている。夕陽を受け、朱《しゅ》色に染まった五右衛門が見得《みえ》を切った。

「こりゃ、すげえ。いいぞ！」

無邪気《むじゃき》に楽しんでいる寅太郎は、歓声を送った。

ここで、主の三太夫が現れた。黒の忍者装束を着ている。

三太夫は庭の真ん中に立つと、一座が十間ほどの間合いを取って、藁人形《わらにんぎょう》を立てかけた。三太夫の横には、これまた忍者姿の若い女が寄り添っている。

あとで聞いたところによると、三太夫の後妻の茜《あかね》であるらしい。旦那の趣味に付き合わされているのだろう。

玄斎が三太夫のそばに近寄り、何事か話しかける。三太夫は神妙な面持ちで聞いてから、おもむろに袖から卍手裏剣《まんじしゆりけん》を取りだすと、

「ええい！」

裂帛《れっぱく》の気合いとともに、次々と投げた。百発百中とまではいかなかったが、外したのはわずかだった。三太夫の忍者への耽溺《たんでき》ぶりがわかる。

「日々、上達なさってますぞ」

玄斎が褒《ほ》めると、三太夫は満面の笑みを浮かべた。

見世物が終わると、宴が再開された。

半時ほどすると風が強くなり、雷鳴《らいめい》が轟《とどろ》いた。段蔵が、雨戸を閉めてまわる。

雨が雨戸を叩《たた》きはじめた。

どうやら、時節外れの嵐が到来したようだ。


宴はお開きとなり、寝間が用意された。

菊麻呂と寅太郎はそのまますぐに眠りについたが、真夜中になって、寅太郎は厠《かわや》に立った。

嵐はまだ続いているようで、雨戸が激しく揺れている。用を足してから寝間に戻ろうとする途中、書院を通りかかった。

襖が少しだけ開いている。

隙間《すきま》からなにげなく中をのぞいてみると、

「おや……」

なんだか違和感を抱《いだ》いた。しかし、それがなにかはわからない。眠気まなこを凝《こ》らしてみたところで、なにがあるわけでもない。

気のせいかと寝間に戻ってみると、菊麻呂はすやすやと寝入ったままだ。

「子どもはよく寝るな」

寅太郎は菊麻呂の寝顔を見てから、布団に入った。

たちまちにして鼾《いびき》を立てる。

ふと、目を開けた菊麻呂は指で耳をほじり、

「役に立ちませんね」

と、耳栓《みみせん》を取りだした。


明くる朝、ようやく時節外れの嵐は過ぎ去り、朝日が差しこんでいる。嵐とともに暗雲が掃《はら》われ、抜けるような青空が広がっていた。

「あ〜腹減ったな」

寅太郎は腹を手でさすりながら、広間に入った。菊麻呂も続く。

すでに朝餉《あさげ》の食膳が用意されていたが、意外にも簡素なものであった。

葱《ねぎ》と豆腐の味噌汁に梅干し、小松菜《こまつな》の煮びたしだ。

「むしろ、朝はこれでいいな」

文句も言わず上機嫌で、寅太郎は旺盛《おうせい》な食欲を示した。

するとそこへ、桃山銀之丞が姿を見せた。もちろんのこと、今朝は石川五右衛門の扮装ではなく、浴衣がけの気楽な装いである。

「忍術の先生はどうした」

寅太郎は、続いて顔を出した段蔵に問いかけた。

「まだお休みのようですけど」

段蔵が返すと、

「もう目を覚まさないんじゃないか」

寅太郎は趣味の悪い冗談を飛ばした。

と、悪口が聞こえたかのように、甲賀玄斎が広間に入ってきた。

「おはようございます」

律儀にも、菊麻呂が挨拶をした。

玄斎は白小袖姿、髪も髭も白いとあって、あたかも白狐《しろぎつね》のようである。

「段蔵、すまぬが白湯《さゆ》を頼む」

「かしこまりました」

段蔵が出ていくと、玄斎はおもむろに袖から、大きな握り飯のようなものを取りだした。

「先生よ、そりゃなんだ」

食べ物に目がない寅太郎が、興味深げに問いかけた。

「これはな、焙烙飯《ほうろくめし》と呼んでおるのだが、まあいわば兵糧じゃ。食せば一日、動きまわれるのじゃぞ」

韮《にら》、干し魚、豆腐、ぐみ、梅干し、大蒜《にんにく》などをすり潰《つぶ》し、それを稗《ひえ》と麦《むぎ》で固めたものだという。

「悪いが、聞いただけでまずいのがわかるな」

露骨《ろこつ》に寅太郎は顔をしかめる。

それを無視して、玄斎は焙烙飯をむしゃむしゃと食べはじめた。

そこへ、

「あら、ここにも居ないのね」

と、三太夫の妻の茜が顔を見せた。今朝の茜は、大店《おおだな》の後妻にふさわしい、地味ながら値の張りそうな小袖を身に着けている。おそらくは二十なかばくらいであろうが、すでに大店の女将《おかみ》の風格を漂《ただよ》わせていた。

「おう、どうした、女忍者」

寅太郎が問いかけると、

「旦那さまが、どこにもいないんですよ」

茜は心配そうに、ため息を吐いた。

その顔は不安を通り越し、恐怖に彩《いろど》られていた。

三

「まあ、どこか出かけたんだろう」

寅太郎らしく、呑気《のんき》な答えを返した。

「でも、心配ですわ。いつも旦那さまは朝寝が好きで、昼近くまで寝ているんですもの」

茜が言ったところで段蔵が戻ってきて、玄斎に白湯を渡した。

「お内儀さま、旦那さまは見つかりましたか」

段蔵が問いかけると、茜は不安な顔で首を左右に振った。

「いいえ……」

「探しましょう」

すぐに、菊麻呂は腰をあげた。

「待て待て、そのうち帰ってくるさ」

飯が口の中に入っているため、寅太郎の言葉はくぐもっている。

「探しますよ」

それでも菊麻呂は寅太郎の言葉を無視して、茜と段蔵に向けてうなずいた。

菊麻呂と茜、段蔵は広間を出ていき、おのおのが分かれて、母屋の各部屋をまわっていく。

書斎に入ってみたが、誰もいない。

ふと菊麻呂は、書棚が気にかかった。きちんと整頓《せいとん》され、忍術や忍者に関する書物以外に史書《ししょ》や論語《ろんご》などが並んでいる。

しかし、三太夫が読んでほしいと言っていた近衛前久の日誌はない。ひょっとして、三太夫は日誌を持って姿を消したのか。だが、なんのために……。

結局、どの部屋にも、納戸《なんど》、台所にも、三太夫はいなかった。

ふたたび集まった菊麻呂、茜、段蔵の三人に、寅太郎が語りかける。

「出かけたんだろうぜ」

さすがに気が差したのか、途中から寅太郎も三太夫探しに加わっていたのだ。

雨戸が外された縁側《えんがわ》に立った。

雨あがりの庭は、とても美しい。むきだしになった地べたは、水溜まりはあるものの踏み荒らされた様子はない。

「足跡がないですね」

菊麻呂の指摘に、寅太郎は首をひねった。

「となると、三太夫は出かけていないのか」

「でも、母屋にはいませんよ」

茜は言った。

「じゃあ、消えてしまったってことか。そんな馬鹿な。忍者好きが本物の忍びになって、どろんと煙のように消えたってわけか」

冗談とも本気ともつかないように、寅太郎は推量した。

「考えられるのは、雨があがる前に出かけたということですね」

菊麻呂が言うと、

「なんのためにそんなことをするんだよ。わざわざ真夜中、おまけに嵐の中だぜ。茜さん、旦那にそんな急用はあったのかい」

寅太郎は菊麻呂の意見を頭ごなしに否定してから、茜に問いかけた。

「いいえ、なにも思いあたりません」

段蔵も、茜に同意した。

「普段から旦那さまは、寮にいらっしゃるときには、どのような用事や仕事も聞き入れませんでした。ここではゆっくりと休養したい、と」

「となると、やはりどろんと煙のように消えたってことか」

寅太郎が鼻を鳴らしたところで、玄斎がやってきた。

「忍術の先生、三太夫は煙のように消えちまった。あんた、三太夫にそんな忍術を指南したんじゃないのか」

真剣な顔で寅太郎が問いかけると、玄斎はすぐさま否定した。

「そんな術はな、素人《しろうと》がおいそれと会得《えとく》できるもんじゃないのじゃよ。わしのような、忍術を極めた者のみが可能な技じゃ」

「ふうん、そういうもんかね」

おれにも無理か、と寅太郎が言い添えると、

「あんたには絶対に無理じゃ」

玄斎はきっぱりと断定した。

「なんでだよ」

不満そうに寅太郎は返す。

「あんたには邪念が多すぎる」

「邪念ね……まあ、たしかにそうかもな」

意外にも素直に、寅太郎は認めた。

「ともかく、三太夫殿が忍術で消えたということはありえぬな」

玄斎の結論に、寅太郎は頭を掻《か》いた。

「すると、どこへ行ったんだろうな」

「まずは待ちましょう」

段蔵の言葉に、寅太郎もうなずく。

「そうだな、案外とどこかへふらっと出かけていて、けろっとした顔で帰ってくるんじゃないのか」

「そうだったらいいのですが」

不安が去らない様子で、茜は目を伏せた。

「おれも、もっと探してやりたいが、今日は出仕しないとまずいんだ」

寅太郎の言葉を機に、

「わしもそろそろ」

玄斎も引きあげると言いだした。

「なにかあったら連絡をしてくれ」

右手をあげた寅太郎に、菊麻呂が申し出る。

「寅さん、わたしはもう少し残って、三太夫さんを探します」

寅太郎の返事を待たずに、段蔵が辞を低くして丁寧《ていねい》に断った
「いや、それはいけません。旦那さまの大事なお客さまに、これ以上の迷惑をかけるわけにはいきませんので」

「わたしはかまいませんよ」

「お気持ちだけを頂戴《ちょうだい》いたします」

遠慮がちだが、きっぱりと段蔵が断ったところへ、役者の桃山銀之丞が姿を見せた。

「おい、大根《だいこん》役者。どこをふらふらしていたんだ」

三太夫探索に加わらなかったことを責めるように、寅太郎が言いたてた。

銀之丞は心外とばかりに、強い調子で反論する。

「一座の者と、寮のまわりを探していたんですよ。決して油を売っていたんじゃありません」

石川五右衛門の芝居のように両目がつりあがり、芝居がかっている。

「わかった、わかった。それで見つかったのか」

寅太郎は問いかけてから、

「だったら連れてくるよな」

と苦笑しつつ、そのうえよせばいいのに、

「だいたい、役者なんぞに、人探しなんてできるもんじゃないからな」

銀之丞たちの好意を逆撫《さかな》でするような発言をする。

「まわりのお百姓さんにも聞いたんですがね……」

見つけられませんでした、と銀之丞はうなだれた。

寅太郎の批難がましい物言いがこたえたのか、自分の責任だと言わんばかりのしおれようである。

見かねたように、

「それは、ご苦労さまでした」

段蔵は、銀之丞と一座を労《ねぎら》った。

ひとまず気を取り直した銀之丞は、

「まことに申しわけないのですが、本日、両国で興行《こうぎょう》がございますので……」

これで失礼します、とお辞儀をした。

「ありがとうございました」

と、段蔵が三太夫からあずかっていた礼金の包みを渡した。銀之丞は恭《うやうや》しく両手で受け取る。

さきほどまで帰ろうとしていた寅太郎だが、たちまち興味を抱いたようで、

「いくらだ」

と、段蔵に問いかけた。

「それはご勘弁ください」

曖昧《あいまい》に段蔵が言葉を濁《にご》すと、代わって銀之丞に尋ねる。

答えづらそうにしている銀之丞に、

「寅さん、江戸っ子らしくないですよ。野暮《やぼ》ってものではありませんか」

菊麻呂が助け舟を出す。

さすがに江戸っ子を持ちだされては、寅太郎は苦い顔で引きさがるしかない。

「どうもすっきりしないが……帰るか」

「すっきりしないとはなんですか。すっきりさせないのは、寅さんらしくないですよ」

菊麻呂が言った。

「すっきりしない原因がわからないから、すっきりしないいんだよ」

寅太郎が返すと、

「それも寅さんらしくない、まどろっこしい物言いですね」

菊麻呂が指摘をした。

悪気のない菊麻呂だから許せるが、荒夷の長吉に言われたら、「揚げ足を取るな」と頭を小突くところだ。

「ともかく、帰るぞ」

寅太郎は歩きだした。

菊麻呂も寅太郎について、寮をあとにした。


寮の門に駕籠が待っていた。

「寅さん、乗ってください」

気遣《きづか》いを見せる菊麻呂に、

「見損《みそこ》なうな。麻呂に用意された駕籠に乗れるもんか」

意地になって寅太郎は拒絶する。

「でも、お疲れじゃないですか」

「丈夫なんだよ。ゆんべはあまり寝られなかったがな。ひと晩やふた晩寝なくても平気なもんだ。なんせ鍛《きた》え方が違うからな。しゃきっとしているぜ」

という言葉を発した直後に、大あくびを漏らした。

「ぐっすり寝ていると思いましたけど」

「おれはな、神経が細かいんだ。枕が変わると寝られないのさ」

「そうですね」

菊麻呂はくすりと笑った。

四

明くる朝、駕籠が八丁堀の組屋敷にやってきた。段蔵から菊麻呂宛てに、火急《かきゅう》の用事だという報せである。

菊麻呂は寅太郎に報せ、一緒に寮に赴《おもむ》いた。寅太郎に来てもらいたいと、段蔵は告げていた。

「なんで、段蔵は最初に麻呂に報せるんだよ。鬼塚さまにもご同行願いたい、とはどういうことだ。十手《じって》をあずかっているのはおれだぞ。まったく、舐《な》められたもんだぜ」

寅太郎は道々《みちみち》、文句を並べたてた。


寮に着くと、すぐさま段蔵が蒼《あお》ざめた顔で出迎えた。

男前の顔が引きつり、目をしょぼつかせている。

「どうした」

寅太郎が問いかけると、

「だ、だ、旦那さまが……」

段蔵は口をあわあわと口を半開きにしたものの、言葉を続けられない。急な連絡といい、その態度といい、どうやら三太夫の身に悪いことが起きたようだ。

ややあって落ち着いた段蔵は、

「こちらへ」

菊麻呂と寅太郎を寮の外へと案内した。

「あそこです」

寮の北東に広がる雑木林を指差す。

寅太郎が走りだし、つられるように菊麻呂と段蔵があとを追う。

雑木林に至っても寅太郎の勢いは衰《おとろ》えず、木々の枝を掻き分け、下ばえを踏みしめて奥へ進む。嵐の際の大雨の名残《なごり》で、枝葉から雨滴が飛び散った。それをものともしない寅太郎の姿は、まさに八丁堀同心の気概《きがい》にあふれていた。

寅太郎が立ち止まった先に、三太夫が横たわっていた。宴の席で身に着けていた、黒の忍者装束である。

苦悶《くもん》の表情を浮かべ、ぴくりとも動かない。

「死んでるな」

寅太郎のつぶやきに、段蔵は首を縦に振った。

菊麻呂は両手を合わせ、三太夫の冥福《めいふく》を祈った。

木枯らしが吹き抜け、烏《からす》の鳴き声が、まるで三太夫の死を悲しんでいるようだった。

五

寅太郎はかがみこむと、三太夫の亡骸をあらためた。

「固いな。死んで時が経っている。おそらくは嵐の夜に息を引き取ったのだろう。

死因は……」

後頭部が陥没《かんぼつ》している。菊麻呂がそばに来ると、

「おい、子どもが見るもんじゃないぞ」

寅太郎は、向こうへ行け、と菊麻呂を寄せつけない。

しかし、菊麻呂はその場で、大人びた口調で言いたてた。

「頭の後ろの傷が命取りになったようですね。ほかに傷はありますか」

段蔵に手伝わせ、寅太郎は三太夫の着物を脱がせた。目立った傷はない。

「後頭部の傷が死因で間違いないな」

寅太郎も同調してから、

「なにかで殴られたんだな。おそらくは石だろう」

と、周囲を見まわした。

雑木林の中には、ごろごろと石が転がっている。わざわざ探さずとも、凶器はそこらじゅうで手に入ったはずだ。

「おそらくはあの晩、三太夫はなんらかの理由があって雑木林にやってきた。そうだ、下手人に呼びだされたんだろうぜ。それで下手人は三太夫の隙をついて、石で頭をぶん殴ったってわけだ」

寅太郎は考えを述べてから、段蔵を疑わしそうな目で見た。

すぐに意図《いと》を察したのか、段蔵は強く首を左右に振る。

「いえ、違いますよ。手前は断じて旦那さまを殺《あや》めるなど、するはずがございません。神さま、仏さまに誓《ちか》って申しあげます」

寅太郎は右手をひらひらと振って、

「おまえを疑っているわけじゃない。三太夫に恨みを持つ者はいないかって訊きたいんだ」

と、安心させるように表情をやわらかにした。

「そ、それは、やはり、なんと申しましょうか……旦那さまは商《あきな》い上手でいらっしゃいましたから。商いと申しますのはご存じのように、多くの敵を作るものでして……」

口ごもった段蔵に、寅太郎はなおも問いかける。

「そうか、なら競争相手だな。呉服屋のなかで、とくに仲が悪かったのは」

「手前の口から申しあげるのはまずいのでは……それに、いくら仲が悪いと申しましても、殺めるなどということはないと思います」

「そりゃ、わからないぞ。人の恨みというのは、思いもかけないところで買ったりするもんだ。殺したいほど憎むことだってありえるさ」

寅太郎の言葉に、菊麻呂が疑問を呈《てい》した。

「でも、わざわざ嵐の晩に会って殺すものですかね。嵐がいつ来るかなんてわからないし、三太夫さんが雨風のなか外に絶対に出てくるともかぎりません。殺したいのなら、もっと準備をして、確実な機会を狙《ねら》うのではないでしょうか」

「それもそうだな」

納得した寅太郎だったが、その直後に反論する。

「だがな、嵐の晩とはかぎらんじゃないか。雨風で、亡骸の状態が変化してしまったのかもしれんぞ。実際は、昨晩に起きたこともありえる」

「そうでしょうか」

首を傾《かし》げてから、菊麻呂は段蔵を向いた。

「おっしゃっていましたね。三太夫さんは、とても身形《みなり》に気を遣う方だと。呉服を扱う商人として、二日続けて同じ着物は着ないんでしたね。ですが、この着物は」

菊麻呂が指摘をするまでもなく、三太夫が着ているのは黒の忍者装束である。もし段蔵の言うとおりであれば、宴の際に着たので昨日は着ているはずはない。

「そりゃ、そうだろうけどよ。忍者装束は別だったってこともありえるしな」

寅太郎の言葉を遮るようにして、菊麻呂は亡骸のそばにかがんだ。

「これ、ちょっと不自然なんです」

「どうしたんだよ」

「着物の背中は濡れているのですが、表は乾《かわ》いているのです」

菊麻呂の言葉を受け、寅太郎は自分の手で確かめた。

「たしかに背中は濡れているが、あたりまえじゃないか。嵐のあとだぞ。下ばえなんかぐっしょり濡れているからな。その上に横たわっているんだから、着物の後ろが濡れていないほうがおかしい」

「ですが、表は乾いています」

「そりゃ、嵐が去って好天になったじゃないか。だから、自然に乾いたんだよ」

「鬱蒼《うっそう》とした雑木林ですよ。日輪の光の通り具合はよくないです。嵐でずぶ濡れになった着物が、果たして一日で乾くでしょうか」

菊麻呂は頭上を見あげた。

「そりゃまあ、そうだけどな、じゃあ、どういうことだよ」

立ちあがった寅太郎に、菊麻呂は首を左右に振った。

「わかりません」

「なんだよ」

寅太郎は鼻を鳴らした。

「どうも、矛盾《むじゅん》だらけの亡骸です」

「矛盾なんて難しい言葉を、よく知っているな。まあそれはともかく、どうもはっきりしない仏であるのはたしかだ」

寅太郎なりに、違和感は覚《おぼ》えているようだ。

「それと、もうひとつ、奇妙なことが」

「なんだ、まだ問題があるのか」

不思議そうに、寅太郎が菊麻呂を見つめた。

「三太夫さんは、大柄です」

「見りゃわかるよ。それが妙なのか。いいか、大人にはな、でかい奴もいるんだ。おれなんざ、数多くの男を見てきたから知っている。七尺を超えるのもいたんだぜ。三太夫はでかいが、まあ六尺あまりだろう。それくらいなら、どこにでもとまでは言わないが、珍《めず》しくはないさ」

寅太郎の言葉に、「ごもっともです」と受け入れながらも、

「これだけ長身の三太夫さんの後頭部を殴《なぐ》っているんです。下手人も、それなりの上背がないと無理ですね」

　菊麻呂が指摘をすると、

「ああ、そうか、そうだな」

　寅太郎は段蔵を見た。

「手前はこのとおり……」

　五尺そこそこの段蔵は、自分の犯行ではない、と強く否定をした。

「わかっているよ。おまえのような小男じゃ無理だってな」

　疑いの目を向けられないとわかり、悪口なのに段蔵はほっと安堵《あんど》した。

「それで、その、なんだ、三太夫と仲が悪かったという商い相手、身の丈はどうなんだ」

　菊麻呂から聞いた身長という鍵に、さっそく寅太郎は食らいついた。

「半蔵《はんぞう》さん……あ、その、富士屋《ふじや》半蔵とおっしゃるんですが、この方は旦那さまよりも背が高いのです。お若いころ、相撲《すもう》取りの修業をしておられたという変わり種《だね》なんですよ」

　疑いが晴れた安心からか、段蔵の口が軽くなった。

「ほう、元力士か……なら、力も強いな」

寅太郎はにたりとした。

「さすがにお若いころよりは衰えていらっしゃいますが、いまでも腕相撲は誰にも負けない、と誇《ほこ》っておられます」

段蔵の証言を受け、

「これで決まりだな」

寅太郎は決めつけてしまった。

これにはさすがに、段蔵のほうがあわてる。

「いや、それはどうでしょう。半蔵さんは、とても穏《おだ》やかなお方でございます。酒席でも乱れることはないんです」

「だからこそ、殺しができるんだ。冷静な男ほどな、いざとなったら度胸《どきょう》が据《す》わり、殺しもできるんだよ。三太夫は、頭の後ろ以外、怪我をしていない。いいか、物で殴ったりする場合な、一発じゃ済まない。素人っていうのはな、一発で殴り殺せるもんじゃないし、加減がわからない。殴っているうちに頭に血がのぼって、恐怖心にも駆られ、めったやたらに相手を殴り倒すんだ。ところが、一発で仕留められている。力があり、格闘慣れした半蔵が下手人に違いないぞ」

ますます自信を強め、寅太郎は断じた。

「寅さん、それはあまりにも早計《そうけい》ですよ」

菊麻呂が危ぶむと同時に、

「鬼塚さま、決めつけはよくないですよ。それに、手前が半蔵さんを下手人だと告げ口したようで、気が差します」

自分の不用意な発言で半蔵を下手人にされてしまっては、段蔵も寝覚めがよくないだろう。

そんな段蔵の心配をよそに、寅太郎は見当外《けんとうはず》れな気遣いを見せる。

「心配には及ばないよ。半蔵には、おまえがちくったとは言わないぜ」

「そもそも、ちくってはおりませんが」

段蔵は小声で不満を漏《も》らした。

「さて、早くも事件解決だ」

どこで祝杯《しゅくはい》をあげるか、などと、寅太郎は呑気《のんき》な言葉を発した。

「くれぐれも慎重に……」

諫《いさ》める菊麻呂であったが、

「よし、富士屋に行くぞ。おとなしくしてくれればいいがな」

いかにも下手人をお縄にするといった調子で、寅太郎は言った。

心配になり、菊麻呂もついていった。

六

富士屋は、神田三河町の表通りに店を構えていた。次男として生まれた半蔵は赤子《あかご》のときから大柄で、よく食べたという。

それで、力士修業に出て幕内《まくうち》までいったが、兄が急逝し、三代目として店を継ぐことになった。

意外にも半蔵は商才にも長《た》けていたようで、力士時代にお抱《かか》えだった大名家やその縁戚関係をたどって出入り商人となり、富士屋を大きくしたのだった。

寅太郎は手代《てだい》に、半蔵へ取り次ぐよう高圧的な態度で頼んだ。

手代はあわてて奥に引っこむ。

すぐに別の者が案内をし、小座敷に通された。

ややあって現れた半蔵は、なるほど、六尺を超える巨体だが、身が引き締まっており、面構《つらがま》えは商人らしい温和さをたたえていた。

「八丁堀の旦那が、どのような御用向きですかな」

あわてず騒がず、半蔵は問いかけてきた。

「伊賀屋三太夫を知っておるな」

ぶっきらぼうに寅太郎は問いかけたが、

「存じていますよ。呉服屋仲間ですからな」

三太夫の名を耳にしても、半蔵はいっこうに動じない。

「三太夫、死んだよ」

寅太郎は告げた。

さすがに、

「ほう……」

と、半蔵は口を半開きにした。

「殺されたんだ」

「誰にですか」

「おまえだ」

あまりに早すぎる寅太郎の決めつけに、思わず菊麻呂はうつむいた。

「ご冗談を」

だが半蔵は本気にしておらず、一笑に付した。

「おれはな、初対面の相手に冗談は言わないんだよ」

寅太郎が目を凝《こ》らしたところで、女中が茶と菓子を持ってきた。

それを、

「いらないよ」

すっかりと不機嫌になった半蔵は、女中に引き取らせる。

次いで、

「どうしてわしが、三太夫さんを殺めなけりゃならんのです」

不快感をあらわにして、半蔵は問い直した。

「おまえと三太夫は仲が悪かったんだってな。寄合《よりあい》で酒が入ると揉《も》めていたそうじゃないか。出入り先を奪われた、と三太夫は怒っていたんだ」

どうだと言わんばかりに、寅太郎は言いたてた。そもそも段蔵からはそこまでは聞いておらず、半分は寅太郎なりのはったりである。

だが、当たらずとも遠からずといった感じらしい。

「そりゃ、商いですからね。商い上のことでいさかいが生じることはありますよ。なにも伊賀屋さんだけじゃない。あちらこちらの呉服屋さんとも揉めています。

伊賀屋さんの出入り先を奪ったことはありましたが、うちのお得意を持っていかれたこともあるんです。それが商いですよ。だから正直、わしは三太夫さんが好きではなかった。三太夫さんも、わしが嫌いだったでしょう。だからって、命を奪うことはない。そんなことをしたら、わしも死罪になりますからな」

三太夫は自分の首を手刀でさすった。

「ばれなかったら、死罪にはなるまい」

寅太郎がからかうように言った。

「町奉行所のお役人の言葉とは思えませんな。それはともかく、わしをお疑いなのは、三太夫さんと不仲だったからですか」

「それだけじゃないぜ。あんたの巨体と、力持ちという点だ」

「意味がわかりませぬな」

寅太郎の言葉に、三太夫は薄笑いを浮かべた。

「三太夫は、頭の後ろを殴られていたんだ」

殺しの状況を語ると、半蔵は冷静になって聞き入れた。

「なるほど、たしかに格闘慣れした大男の犯行と見なされるわけですな」

「そうだろう。おまえこそが、その条件に合っているのさ。おまけに殺す理由もあるしな。これほど、三太夫殺しの下手人にふさわしい者はいないぞ」

半蔵は肩をすくめて、

「三太夫さんが殺されたのは、嵐の夜でしたな。そんな嵐の中を、向島まで出かけてゆくわけがありませんよ」

「そりゃそうだが、殺しということを考えると、好機とも言えるぞ」

「わしは、この家から一歩も外に出ておりません。奉公人に聞いてくだされ」

口をへの字にして半蔵は返した。

「そりゃあたってみるがな。奉公人は主のおまえをかばって、正直に答えないかもしれん」

「……鬼塚さま、いいかげんにしてください。確たる証《あかし》もないのに、人殺し扱いはいかにも不当です。場合によっては、御奉行所に訴えますぞ」

「ああ、訴えるなら訴えればいいさ」

寅太郎がむきになると同時に、半蔵も怒りで顔を歪めたが、そこで菊麻呂のことが気になったようで、ふと視線を向けた。

「こちらは……」

半蔵は首を傾げた。

どう話そうかと、寅太郎は口ごもった。

「従者です」

代わりに、菊麻呂が言った。

「ほう、従者……」

「そうなんです」

素直ではきはきとした菊麻呂の態度に、半蔵は不審を引っこめたようだ。

「ともかく鬼塚さま。確たる証を持ってきてください。ま、できないでしょうがね。わしは三太夫さんを殺してはいないんだから」

半蔵は、ふてぶてしい笑い声を放った。

悔《くや》しそうに拳《こぶし》を握《にぎ》りしめた寅太郎をよそに、

「三太夫さんは、忍者がお好きでした。ご存じですよね」

と、菊麻呂が話題を変えた。

「え、ええ、そうなんですよ。まったく、三太夫さんというのはね、忍者好きが高じて……あ、そうそう、名前もそうなんだ。もともと、あの人は次郎三郎《じろうさぶろう》といったんだ。それが、忍者に凝りだして、三太夫と名乗ったんです。三太夫というのは知っていますか」

半蔵に問われ、寅太郎は横を向いてとぼけてから、

「麻呂、答えてやれ」

と、菊麻呂に振ってきた。

菊麻呂は嫌がることなく即答する。

「百地三太夫、伊賀の上忍びの棟梁《とうりょう》ですか」

「そうです。いわば、伊賀者を代表する忍者ですな。その三太夫を名乗るようになったのですぞ。そういえば、わしとの仲が悪くなったのも、三太夫を名乗ってからですな。だって、こちらにしてみたら、今日から三太夫だと言われても、すぐに三太夫さんとは呼べませんわな。しばらくは、次郎三郎さんと呼んでおったのです」

すると、三太夫は怒りを爆発させたという。

「おまえは、半蔵のくせに生意気を言うなってね。次郎三郎さん……いや、三太夫さんに言わせると、服部半蔵は百地三太夫の家来に過ぎないということなんですわな。でも、わしは半蔵という名ですけど、服部半蔵とのかかわりはありませんし、意識したこともありません。そもそも、伊賀だの甲賀だの、忍者などにはまったく興味がありませんわ」

それにもかかわらず、三太夫は半蔵を服部半蔵と結びつけていたそうだ。

「困ったものでしたよ」

肩をすくめた半蔵に、菊麻呂が疑問を呈する。

「そこまで三太夫さんが忍者にのめりこんだのは、どうしてでしょうね」

「物好きなのさ」

口をはさんだ寅太郎を制するようにうなずいてから、菊麻呂は半蔵を向いた。

「そうですな……三太夫さんが、伊賀の出ということが大きいのじゃないですかね。あの人は学問熱心でしたからな。さまざまな書物を読むのが好きなのですよ。それであるとき、家に伝わる古文書を紐解《ひもと》いたのだそうです」

伊賀にあった実家を引きあげる際、先祖代々の家宝や文書を江戸に持ち帰り、暇《ひま》を見つけては根気よく読み解いていったのだという。

「埃《ほこり》くさい文書なんぞ、読むどころか、見ただけで背中が痒《かゆ》くなるがな」

軽口《かるくち》を叩《たた》く寅太郎に、

「わしもですよ」

初めて意見が合った、とばかりに半蔵はにんまりとした。

七

どうやら三太夫は思っていた以上に、忍者というものにのめりこんでいたらしい。富士屋を出た菊麻呂は、表情を曇《くも》らせつつ言った。

「まだ、わかりませんね」

「なにがだ」

つまらなそうに寅太郎が尋ねる。簡単には捕縛ができず、不機嫌になったらしい。

「あの亡骸ですよ。身体の固さからして、三太夫さんが亡くなったのは嵐の晩の可能性が高いのですよね」

そうだ、と寅太郎はうなずく。

「嵐の夜、暴風雨のなか、寮を出ていった……」

「おおかた、自分を忍者だと思いこみ、嵐なんぞ平気だったんじゃないのか」

寅太郎は、本気とも冗談ともつかない言葉を発した。

「伊賀屋に行ってみましょうか」

菊麻呂が言うと、

「そうだな。古くさい書物なぞはどうでもいいが、伊賀の屋敷から運んできたというお宝のほうは拝《おが》みたいものだ」

半蔵から聞いた家宝の話に、寅太郎は興味を抱いたようだ。


神田司町の伊賀屋は表通りに面していて、華美な寮からは想像もつかないほど、いかにも老舗《しにせ》といった店構えであった。

主人の三太夫を亡くし、雨戸が閉じられ、営業を休んでいる。

喪中《もちゅう》の札が貼ってあり、どうしようかと考えていると、段蔵と甲賀玄斎がやってきた。

段蔵は、

「お疲れさまです」

と、丁寧にお辞儀をしてから、

「お店の整理のことで」

と言いながら、菊麻呂と寅太郎を母屋へと招き入れた。

母屋では奉公人たちが、通夜《つや》の準備を進めていた。段蔵は奉公人たちにあれや

これやと指図をしてから、

「こちらです」

と、菊麻呂や寅太郎、玄斎を土蔵に案内する。

「こちらに、旦那さまの御先祖さまのお宝があります。つきましては、玄斎先生にそれを見ていただきたいのです」

段蔵の言葉に、

「承知した」

玄斎は、任《まか》せろ、と胸を張った。

どうやら寅太郎にとって、都合のよいときに訪れたらしい。もっともらしい理由をつけることなく、伊賀屋の家宝を拝めるようだ。

「ところで、三太夫が亡くなって、誰が跡を継ぐんだ。息子がいるのか」

寅太郎が確かめると、段蔵は首を左右に振った。

「それが……お内儀さまにお願いをしておるのですが、果たしてどうなることやら」

三太夫に、子どもはいないらしい。親戚筋から養子を迎えるという話もあったが、三太夫の変人ぶりが災《わざわ》いしたか、親戚からは距離を置かれていた。

「とはいえ、お内儀さまは商いはおわかりになりませぬ。伊賀屋を切り盛りするなど、とてもできない、とお考えなのです」

「それなら、おまえが支《ささ》えればいいじゃないか。おまえにかぎらず、伊賀屋には手《て》練《だれ》の手代がそろっておろう」

「……こんなことを申しては旦那さまに申しわけないのですが、伊賀屋に長年にわたって奉公していた番頭《ばんとう》さんがいたのですが、暖簾《のれん》分けを受けてお店をかまえられまして」

番頭は伊賀屋に遠慮し、江戸市中ではなく品川宿《しながわしゅく》に店を出した。

「その番頭さんは、大変に人柄もよく、商売上手、手代たちの多くに慕《した》われておりました。それで、手慣れた手代たちの多くが、番頭さんのお店に移ってしまったのです」

いま奉公している主《おも》だった手代は、この一年の間に雇ったのだそうだ。なかには、これまで呉服の商いをしたことがなかった者もいるらしい。

「あれじゃないのか。手代たちが番頭の店に移ったのは、要するに伊賀屋を見限ったんだろう」

寅太郎らしい遠慮会釈《えんりょえしゃく》のない問いかけに、段蔵は認めるかのように小さくうなずいた。

「常軌《じょうき》を逸《いつ》した三太夫の忍者趣味に、奉公人たちも呆《あき》れていたんだろうな」

寅太郎は庭を見まわした。

奉公人たちは黙々《もくもく》と働いているが、いまの話を聞いたせいか、みなどこか生気がないように思えた。

「そんな状況ですので、お内儀さまには、伊賀屋を切り盛りするのは酷《こく》でございます」

「すると、伊賀屋は潰《つぶ》すのか」

「おそらく、そうなるのでは……と」

「じゃあ、家屋敷を売り払い、お宝も売るんだな。それで、忍術の先生に目利きをお願いしたってわけか」

寅太郎の推測を、段蔵は渋々《しぶしぶ》と認めた。

「まあ、そんなところで」

伊賀の実家を処分した三太夫は、先祖のお宝を江戸に運んだ。ますますと忍者にのめりこみ、最近では店の財産を切り崩してまで、忍術の研究に費《つい》やしていたという。

「そうか、ならばお宝ってのも、おおかた忍者絡みなんだろうよ」

　寅太郎は納得したようにうなずいた。

「では」

　土蔵の南京錠の錠前を外《はず》した段蔵が、引き戸を開ける。

「さあ、どうぞ」

　段蔵はまず玄斎をうながし、寅太郎と菊麻呂を中に導き入れてから、自分も足を踏み入れた。

　中には甲冑《かっちゅう》や兜《かぶと》がいくつも並び、槍《やり》、太刀《たち》、手裏剣《しゅりけん》などがあった。その他に、数多《あまた》の書物、巻物が整然と陳列されている。

「こりゃ、壮観だな」

　思わず寅太郎は言った。

　その間も、玄斎はじっと視線を凝《こ》らしている。

　菊麻呂は、書物や巻物を手に取った。一方の寅太郎は、手裏剣に興味を抱いたようだ。卍手裏剣、棒《ぼう》手裏剣、四方《しほう》手裏剣、十字《じゅうじ》手裏剣のほかに、撒《ま》き菱《びし》、鉤縄《かぎなわ》などを興味深そうに見ている。

　寅太郎は目についた編笠をかぶろうとした。裏に、小さく折りたたんだ書状が貼りつけてある。なにかの役目上で活用するのだろうか。

ほかにも扇《おうぎ》、煙管《きせる》、火箸《ひばし》が並べてあり、それらには刃物が仕込まれてあった。

「忍者というのはすごいな」

感嘆の声をあげた寅太郎は、古びた家系図を見つけた。

伊賀屋のもので、伊賀の上忍を束《たば》ねていた百地三太夫からはじまり、主の三太夫につながっていた。なるほど、半蔵が言っていたとおりである。

「良い悪いは別にして、三太夫の忍者に賭《か》けた思いが伝わってくるな」

寅太郎は感心しきりである。

そして、ひときわ目立つように陳列されているのが、

「伊賀越えの槍か……」

感慨深そうに、寅太郎は一本の槍を見やった。祭壇《さいだん》のような白木《しらき》の上に置かれ、いかにも厳《おごそ》かな雰囲気を醸《かも》しだしている。

玄斎が、やおら槍を手に取った。

二度、三度と振ってから、

「えい！」

と、気合いを入れる。

すると、手元の先が割れ、刃が現れた。つまり、前後が穂先《ほさき》となる槍であった。添えられた文書を、菊麻呂が読んだ。

「天正十年、本能寺にて織田信長公、自刃後、堺にあった家康公は伊賀を越えて三河に戻った。伊賀にて家康公一行を明智の手先、落ち武者狩りから守ったのは伊賀者、なかでも百地三太夫はこの槍を手に奮戦した、そうですよ」

菊麻呂は言った。

「なるほど、これは値打ちがあるな」

寅太郎は感心したように、しげしげと眺《なが》めた。

「先祖伝来の槍、というわけじゃな」

玄斎の言葉に、段蔵がしおらしい表情を浮かべる。

「これを手放すのは、旦那さまには痛恨《つうこん》の思いでしょうが、しかたありません」

「背に腹は代えられないからな。店がなくなるのなら、お内儀や奉公人の暮らしを立てなけりゃいけない」

理解を示すように、寅太郎は言った。

段蔵が期待のこもった目で見やると、玄斎は小さく首を左右に振った。

「残念ながら、模造品《もぞうひん》ですな」

どうやら目利きをしたらしい。

「模造品……贋物《にせもの》ということか」

寅太郎は目を見開いた。

「まことでございますか」

食ってかかるように、段蔵が玄斎に詰め寄る。

「わしの目はたしかじゃ」

「そんな……ここに文書があるではありませぬか。東照大権現さまのお命をお救いした槍ですよ。武家にとっては垂涎《すいぜん》の的《まと》のはず」

まくしたてる段蔵を、寅太郎が応援する。

「そうだよ、きっと高値で売れるぜ。権現さまをお守りした槍なんだ。大名も金持ち商人も、いくらでも金を積むんじゃないか」

うんうんとうなずく段蔵に、

「たしかに本物であれば……ですな。これは贋物です」

とどめを刺すように、玄斎は断じた。

段蔵はすがるような目を、菊麻呂に向けた。菊麻呂ならこの槍の値打ちをわかってくれるはずだ、とでも思っているようだ。

八

「なぜ贋物だとわかるのですか。これは、旦那さまのご実家の土蔵に、先祖代々にわたって伝えられてきたのですよ。では、旦那さまの先祖さまは、贋物を後生大事に守ってきたのですか」

　まるで責めたてるように、段蔵は言った。

　それでも玄斎は動ずることなく、

「この槍は、そんなに古くはない。せいぜい三十年くらいなものじゃな。加えて文書じゃ。百地三太夫がこの槍を手に奮戦した、となっておるが、神君家康公が伊賀を越えられたとき、百地三太夫はこの世の人ではなかった。前年の九月、織田信長公が大軍で伊賀に攻め入り、伊賀者は男女、子ども、年寄り区別なく殺され、寺社、家々を焼き掃《はら》われたのじゃ。その際、伊賀を逃れる忍びもおったが、百地三太夫は命を落とした」

「そんな……」

　天を仰ぐように、段蔵は絶句《ぜっく》した。

「ちなみに、百地三太夫の子孫というのも怪《あや》しいな。なに、よくあることじゃ」

玄斎の言葉に、菊麻呂も気を遣いつつ言い添えた。

「……玄斎先生の見立てが正しいと思います」

「すると、どれほどの値打ちがあるのでしょうか」

段蔵の声には力がない。

「そうですな」

玄斎はしばらく思案してから、

「一両ほどですかな」

「ええ……」

がっくりとうなだれた段蔵を慰《なぐさ》めるように、寅太郎が声をかける。

「残念だな」

「ほかには……」

玄斎は土蔵の中を歩き、忍者装束や道具を見てまわる。

「期待を持たせるのもよくないですから申しあげるが、これらの品々は、まあ、我楽多《がらくた》とまでは言わぬが、その類《たぐい》……忍者好きの者に売るとしても、十両にはなりませぬ」

さすがに同情をこめて、玄斎は言った。

「そうですか」

いまや段蔵は、悲壮感すら漂《ただよ》わせている。

「ああ、そうだ。いっそ、銀之丞一座にくれてやるのもいいかもしれぬぞ。三太夫殿のために、忍者芝居を懸命に演じていたのだからな」

玄斎の提案に、段蔵はため息混じりで返すだけだ。

「はあ、まあ……」

そこへ、

「御免くださいまし」

という声が聞こえた。

「噂をすれば……だな」

寅太郎が言ったように、銀之丞が土蔵の中に入ってきた。

「段蔵さん、お約束の品を受け取りに……」

そう言ってから、菊麻呂たちがいるのを見て戸惑《とまど》いの表情を浮かべた。

「これはこれは、みなさま」

すぐに笑みを取り戻し、銀之丞は揉《も》み手をして挨拶をした。

次いで、

「これでございますか」

百地三太夫の槍に歩み寄る。

「いやあ、さすがに歴史の重みを感じますな」

「まことに」

段蔵は応じたが、いかにもばつが悪そうな顔になってしまった。

「そんなに気に入ったのなら、もらえばいいじゃないか」

寅太郎が声をかけると、

「はあ……」

銀之丞は戸惑いの視線を向けた。

「その槍だけじゃないぜ、ここにある忍者装束と武具、すべて、おまえの一座にくれてやろうって話になったのさ」

寅太郎は同意を求めるように、段蔵を見る。だが、玄斎から勧められはしたものの、まだ受け入れたわけではない。

「いや、その」

口ごもる段蔵に、銀之丞は遠慮を見せた。

「いくらなんでも、そこまでは……」

「気にすることはないぜ。ここにある物はな、我楽多同然なんだ。おまえの芝居にはもってこいだぞ」

寅太郎にしてみてば、銀之丞を気遣っているつもりだろうが、聞きようによっては勝手な話である。

「この槍以外は、我楽多というわけですか」

銀之丞は周囲を見まわした。

すかさず菊麻呂が、

「例の物を受け取りにきた、というのは、その槍のことなんですね」

と、問いかけた。

「ええ……その、いえ」

今度は銀之丞のほうが、しどろもどろとなり、なにか言い逃《のが》れを考えているようであったが、結局そのまま口をつぐんだ。

「そいつはな、贋物だってよ」

寅太郎がつまらなそうに言うと、玄斎が贋物である説明を加えた。

「贋物……」

ここに至って、がっくりと銀之丞はうなだれた。

「やっぱりおまえ、その槍をもらうために、ここに来たんじゃないか」

寅太郎の指摘に、銀之丞はなにやらぶつぶつとつぶやくのみだ。

「……そんな、話が違う」

「話とはなんですか」

かすかなつぶやきを、菊麻呂が聞き逃さずに問いかけた。

「い、いえ、べつになんでも」

「なにもないことはないだろう。話せよ。じゃないと勘繰るぜ」

寅太郎が迫ると、銀之丞はあわてて両手を左右に振った。

「本当になんでもないのです」

「どうなんだ」

今度は段蔵に、高圧的な物言いで問いかける。

「………」

だが、段蔵も黙りこんだままだった。

そこで菊麻呂が、切りこむように口を開いた。

「三太夫さん殺しに関係していますね」

「そ、そんなはずがありません」

すぐさま銀之丞は否定する。

段蔵のほうも強い口調で反論した。

「旦那さまは嵐の晩、雑木林で殴り殺されたのです。殴り殺した下手人は、旦那さま同様に大きな男ですよね」

「そうだったな」

疑うような目をした寅太郎だが、段蔵の台詞はひとまず認めた。

「だったら、あたしは無関係です」

必死に言いたてる銀之丞に背を押されたか、段蔵も勢いづいた。

「旦那さまは、寮のどこにも居なかったですよね。鬼塚さまも一緒に探してくださったじゃありませんか」

「そうですよ。あの日、三太夫の旦那は、煙のように消えてしまったんです」

「そうだったな」

寅太郎がふと視線を向けると、菊麻呂のほうから問いかけてきた。

「寅さん、あの夜、妙な違和感を抱いたんでしたね。寝間に戻ってきた際に、そうつぶやいておられました」

「違和感……ああ、そうだった」

寅太郎は言った。

「それはなんだったのですか」

「そりゃ、妙な気分だよ。というか、おまえ、あのとき寝てなかったのか」

茶化《ちゃか》したような物言いで、寅太郎は返した。

菊麻呂は珍しく強い口調となり、

「よく思いだしてください」

と、問いを重ねた。

真顔になった寅太郎は、必死に思いだすように首をひねった。

なおも寅太郎を助けるように、菊麻呂は語りかける。

「違和感を抱いたのは、たしか書院でしたね。その書院に行きましょうか。寮に足を延ばすのは面倒ですが、三太夫さん殺しの真実が突き止められるという気がします」

菊麻呂は言うと、「みなさんも一緒に来てください」と誘った。

彼らの返事を待たず、

「そうだ、一緒に行こう」

寅太郎は段蔵と銀之丞の背中を押して、土蔵を出た。

一時後、向島の寮にやってきた一行は、そろって書院の前に集まった。

「寅さん、嵐の夜を思いだしてください」

菊麻呂に言われ、

「よし」

寅太郎は書院の襖を少しだけ開くと、隙間から中をのぞいた。

しばらくしてから大きく首をひねり、襖を大きく開いた。

「そうだ、掛け軸だよ」

つぶやきながら寅太郎は、床の間に歩み寄る。菊麻呂たちも続いた。

しげしげと、水墨画《すいぼくが》の掛け軸を見つめる。山水《さんすい》が描かれているが、どこにでもあるような絵だ。

「これは、名のある絵師の筆によるものですか」

菊麻呂が段蔵に問いかけた。

「いえ、とくには……」

段蔵の言葉《ことば》尻《じり》は曖昧《あいまい》だ。

次に菊麻呂は、寅太郎に確かめる。

「絵におかしな点があるのですか」

「いや、そうじゃないんだ……ええっと、嵐の夜には……」

目を閉じ、寅太郎は必死で思いだそうと努めた。浅黒く日焼けした悪党面《あくとうづら》が、真実を求める学徒《がくと》のような誠実さを帯びている。

やがて、両目をきらきらと輝かせ、

「そうだ。床の間に掛け軸は掛かっていなかったんだ。つまり、床の間は漆喰《しっくい》の壁がむきだしになっていたんだよ」

思いだしたぞ、と寅太郎は晴れ晴れとした表情となった。

「よくわかりました」

にっこりとした菊麻呂に、寅太郎はおやっとなる。

「これでなにがわかったんだ。嵐の夜、この書院の床の間には、掛け軸が掛かっていなかったってことだろう」

「夕刻には掛かっていましたね」

菊麻呂に問い直され、

「そうだったな。段蔵、おまえが外したのか」

寅太郎は段蔵を見た。

「いいえ」

段蔵は首を左右に振る。

「じゃあ、茜か、それとも三太夫かな。それにしても、なんのために外したんだろうな。たいして値打ちのない掛け軸なんだろう。わざわざ外して、どこかへ仕舞っておくこともなかろうに」

疑問を呈しながらも、寅太郎はさして気にしていない様子だ。

「掛け軸は、段蔵さんも茜さんも、そして三太夫さんも外していなかったと思いますよ」

さらりと菊麻呂が言ってのけた。

寅太郎はむっとして、

「じゃあ、おれの見間違いだったって言うのかい。夢でも見ていたって言いたいのか」

「そうじゃありませんよ。寅さんは、掛け軸が掛かっていない床の間を見たのです。それは、間違いないのです」

「おい麻呂、わかるように話せ。誰も掛け軸は外さなかった、それなのに掛け軸は掛かっていなかった……いったい、どういうことだ。京の都では、そんな奇妙な床の間があるのかい」

途方に暮れたように、寅太郎は肩をすくめた。

「まどろっこしくてすみません。答えはこれです」

菊麻呂は床の間にあがると、掛け軸の左横の壁を両手で押した。

壁はくるりと回転し、掛け軸のないむきだしの壁が現れた。

「な、なんだ……どんでん返しか。つまり、おれはどんでん返しになった、掛け軸が掛かっていない壁を見たってことだな。なるほど、麻呂が言った意味がわかったぜ。それにしても、忍者道楽《どうらく》の三太夫らしいな」

寅太郎は何度もうなずいた。

段蔵や玄斎、銀之丞は、書院の床の間がどんでん返しになっていることを知っていたのか、落ち着いている。

「掛け軸の一件はわかったが、どんでん返しが三太夫の死と関係あるのか」

そう言いつつ、寅太郎はどんでん返しの壁を触《さわ》った。

それには答えず、

「どんでん返しの向こう側に行きましょう」

菊麻呂は、みなを誘った。

「おおかた、隠し部屋になっているんだろう。見たいもんだ。ほら行くぜ」

うながす寅太郎に、段蔵たちはのろのろと従う。

向こう側は、階段になっていた。隠し部屋は地下に設《もう》けられているようだ。

幸い、日輪の光が差しこんでいて、階段をおりるのに不都合はなかった。

菊麻呂を先頭に、玄斎、段蔵、銀之丞、最後に寅太郎が続いた。

階段をおりきると引き戸があり、菊麻呂は少しの躊躇《ちゅうちょ》もなく横に引いた。

そこは、八畳の座敷になっていた。

書棚、文机、雪洞《ぼんぼり》、布団がある。

「旦那さまは、ここで忍者に関する書物を書見《しょけん》なさっておられました」

段蔵が説明を加えた。

菊麻呂が文机に積まれた書物を手に取ってみると、いずれも、近衛前久の日誌であった。

「おい、段蔵。どうして隠し部屋のことを教えてくれなかったんだよ。おかげで、おれはさんざん悩んだぞ」

寅太郎が不満そうに問いただした。

「それには、わたしが答えます。段蔵さんは答えにくいでしょうから」

菊麻呂は段蔵を一瞥《いちべつ》してから、

「よく見てください」

と、畳を指差した。

黒いものが点々《てんてん》と付着しており、入口まで続いている。寅太郎はかがみこんで凝視《ぎょうし》すると、

「血だな。血の痕《あと》だ」

と、立ちあがった。

と、すばやく段蔵が逃げだし、階段を駆けあがりはじめた。すかさず寅太郎は腰の十手を抜き、段蔵に投げつける。

十手は矢のように飛び、段蔵の後頭部に当たった。そのまま段蔵は、階段の中段から転げ落ちた。

「段蔵さんは怪我で済むでしょうが、三太夫さんは、階段の天辺《てっぺん》から突き落とされ、しかも後頭部をまともに板敷《いたじき》に打ちつけてしまった、命が絶たれたのも無理ないですね」

淡々《たんたん》と菊麻呂は述べたてた。

唸《うな》り声をあげている段蔵の襟首《えりくび》を、寅太郎がつかんで引き起こす。

「おまえだな、三太夫を殺したのは」

寅太郎がねめつけると、観念したのか、段蔵はおもむろに語りだした。

段蔵と茜は、道ならぬ関係にあったらしい。嵐の夜、三太夫が寝入ったのを確かめると、茜が段蔵を誘い、隠し部屋で逢瀬を楽しんだ。

ところが、そこへ思いもかけず、三太夫がやってきた。

当然ながら、三太夫は激怒した。茜には離縁、段蔵は店を追いだすと言い、隠し部屋から出ていった。

それを段蔵が追いかけ、階段をのぼったところで、

「二度といたしません、と必死でお詫びしました。しかし、旦那さまはお許しにならず、かっとなさって手前の首を絞めたのです」

大柄な三太夫に首を絞められ、段蔵は恐怖した。

「苦しみから脱しようと、無我夢中で旦那さまを押したのです。火事場の馬鹿力でしょうか」

三太夫は段蔵から離れ、そればかりか、階段から真っ逆さまに転《ころ》げ落ちた。

「あわてて階段をおりて、旦那さまの様子を確かめました……すでに旦那さまは

息絶えていました」

段蔵は、がっくりとうなだれた。

とりあえず茜とともに、三太夫の亡骸を隠し部屋に運んだ。翌日、菊麻呂と寅太郎が帰ったのを確かめ、銀之丞に手伝ってもらって雑木林まで運んだのだ。

銀之丞には口止め料として、家宝の槍を与える、と約束した。

「その槍がとんだまがい品だったとは、皮肉なもんだな」

寅太郎が語りかけると、銀之丞は諦《あきら》めたように薄く笑った。

「ほんと、とんだお笑い草《ぐさ》ですね」

「それにしても、おれが書院をのぞいたとき、段蔵と茜は隠し部屋でよろしくやっていた、ということか。つくづく、おれも間抜けだぜ」

そうは言いつつも、寅太郎は豪快に笑い飛ばした。

「人生には、思いもかけないどんでん返しがあるのですね」

菊麻呂は感慨深そうに語った。

「麻呂、ませた口をきくな。子どものくせに、生意気《なまいき》な物言いだぞ」

笑顔の寅太郎に叱責されると、

「そうですね。もっともっと見聞を広めねばなりませぬ」

菊麻呂は素直に受け入れた。

次いで、近衛前久の日誌に目を通した。

細かく確かめるまでもなく、偽書だった。前久の生まれた年の間違いにはじまり、上杉謙信を訪ねた年も、信長の武田征伐の年も違っている。

前久が、こんな間違いをするはずがない。

このとき菊麻呂は、贋物ばかりつかまされた三太夫が哀《あわ》れになった。

第四話　黄金の鯛

一

霜月の一日、凍てつくような寒風が吹くなか、近衛菊麻呂は八丁堀界隈《かいわい》を散策した。雲は凍《こお》ったように動かず、寒雀《かんすずめ》の囀《さえず》りが真冬を思わせる。

それでも、京の都にくらべたら江戸は温かい気がする。都は盆地《ぼんち》特有の気候だ。つまり、海に面した土地よりも夏は暑く、冬は寒い。

儒者髷《じゆしやまげ》に結った髪と白の狩衣《かりぎぬ》姿は、白雪を思わせるように優美だ。好奇心旺盛《おうせい》な関白殿下は、身分の上下の隔《へだ》てなく珍《めずら》しいものに興味を抱《いだ》く。

八丁堀から日本橋に足を向ける。表通りに並ぶ、屋台の寿司屋《すしや》をのぞいた。

鬼塚寅太郎から聞いていた。こういうところは、暖簾《のれん》が汚れている店が美味いのだ、と。

「江戸前の握《にぎ》り寿司っていうのはな、手づかみで食べるんだ。食べるときはネタを醤油《しょうゆ》に浸《ひた》す。するってえと、手に醤油がつくだろう。客はそれを暖簾で拭《ふ》くんだよ」

だから、暖簾が汚れているということは、それだけ大勢の客が通っている……つまり繁盛している、ということだと寅太郎は教えてくれた。

菊麻呂は汚れの目立つ暖簾を頼りに、屋台の寿司屋を選んでみた。都では、寿司はほとんど食さなかった。都で寿司と言えば、押し寿司である。琵琶湖《びわこ》の鮒寿司《ふなずし》や、若狭《わかさ》から鯖街道《さばかいどう》を経て届けられる鯖を用いた鯖寿司が珍重《ちんちょう》されたが、酸味と独特の香りが菊麻呂は苦手であった。

大人たちは酒のあてにいい、と楽しんでいた。大人になって酒が飲めるようになれば美味さがわかる、と言われたものだ。

江戸の寿司は「握り」と呼ぶように、赤酢《あかず》の米に江戸湾の新鮮な魚をネタにして提供される。

寅太郎からは、小肌《こはだ》と鮪《まぐろ》を勧められていた。

まずは、小肌を頼んだ。このしろの若魚で、江戸前の代表的な魚だそうだ。

艶光《つやびか》りした切り身が、酢でしめてある。夏に獲れる小肌は、さっぱりとして美味いが、秋の暮れから冬のほうが脂が乗っていて、おれ好みだと寅太郎は言っていた。

なるほど、しゃきしゃきとした食感と脂味のしっかりとした味わいが、赤酢の飯によく合う。口の中で江戸を感じることができた。

次の、鮪も食べたことがなかった。赤くて分厚い切り身は勇《いさ》ましく、どこか寅太郎を思わせた。身は厚くてもやわらかで、嚙みしめるごとにじわりとした甘味が広がった。

思わず笑みがこぼれた。

江戸の味を食することができ、おおいに満足して屋台を出た。

ネタの魚は、日本橋の魚河岸に集まるそうだ。

行ってみたい、と思ったところへ、

「なんだ麻呂、ここにいたのか」

と、鬼塚寅太郎がやってきた。

江戸っ子はお節介《せっかい》だ。がさつでわがまま勝手な寅太郎だが、根は親切なのだ。

ただ、江戸っ子にありがちな、悪ぶる傾向がある。

いかにも偶然に会ったように装っているが、菊麻呂がひとりで寿司を食べにいくことが気になって、尾行してきたのだろう。

「日本橋の魚河岸は、ここから近いのですか」

　菊麻呂の問いかけに、

「近いさ。そうだ、見にいくか」

　返事を待たずに、寅太郎は神田方面に向かって歩きだした。

　日本橋を渡る途中、寅太郎はふと欄干《らんかん》にもたれかかった。横に立った菊麻呂は、川面《かわも》を見て驚きの声をあげる。

　冬晴れの空の下、数えきれない荷船が河岸に着けられたり、川に浮かんでいる。陸には建屋《たてや》が建ち並び、大勢の人や荷車《にぐるま》が忙《せわ》しげに行き交う。

　赤銅《しゃくどう》色に日焼けした人足《にんそく》たちが荷をあげる姿は、生き生きとしていた。

「江戸の近海ばかりか、房総や伊豆《いず》からも魚が届くんだ。江戸中の胃《い》の腑《ふ》を満足させるためにな。なにしろ、魚河岸には、日に千両もの金が落ちるって言われているんだぜ」

「千両……」

　菊麻呂は天を仰いで絶句《ぜっく》した。

　江戸は、とんでもないところだ。京の都とはまさに別世界、同じ日本国にいるとは思えない。視線を東に向けると、満々と水をたたえた大川《おおかわ》が流れている。

そうだ、あの川は海につながっている。都は海からは遠い盆地だ。

魚と言えば、鮎《あゆ》や岩魚《いわな》などの川魚であった。海魚のほとんどは、若狭から鯖街道を通じて届く鯖である。鯖以外もあったが、酢でしめたり、焼かないと食べられなかった。江戸のように、生のまま口に入れることなどなかったのだ。

江戸に来て、たしかに世界が広がった。


江戸っ子を気取る寅太郎に魚河岸の歴史を聞くと、

「そりゃ、権現さまがお作りになったんだ」

としか返ってこない。

権現さま、すなわち徳川家康が江戸に幕府を開き、江戸城と城下町作りを進めた過程で、魚河岸もできたのだろう。

それは、魚河岸の歴史を知らなくても想像できる。それ以上の知識を寅太郎に求めても、無駄かもしれない。

じかに魚河岸で確かめようとしたところへ、荒夷の長吉が姿を見せた。

「荒長、遅いじゃないか」

どうやら、寅太郎が呼んだらしい。

果たして、

「おれが推量したとおり、こちらの関白さまは魚河岸について興味をお持ちになったぜ。やくざのくせに物知りを気取るおまえから、魚河岸の歴史について指南《しなん》申しあげろ。あらましはおれが語ったから、細かいところをかいつまんでな」

寅太郎は長吉に言った。

あらましどころか、なにも教えてくれなかったに等《ひと》しいのだが、そのことは黙って、長吉の話を待った。

長吉は心持ち得意げに、魚河岸の歴史を語りはじめた。

魚河岸は徳川家康の招きで、摂津佃村《せっつつくだむら》からやってきた漁師たちによって開かれた。佃村の名主《なぬし》、森孫右衛門《もりまごえもん》は、近海で獲れた魚を江戸城に納魚し、あまった魚を市中で売りはじめた。

その後、息子の九左衛門《くざえもん》が日本橋の近くで魚問屋を営《いとな》み、それ以降、摂津から魚商人がやってきて魚河岸を形成していったのである。

開設当初は、摂津出身の魚問屋たちで運営されていたのだが、元和《げんな》二年（一六一六)、大和《やまと》出身の大和屋《やまとや》助五郎《すけごろう》という新興の魚問屋が進出した。

助五郎は鯛《たい》の大規模な養殖に成功し、江戸城への鯛の納魚を一手に引き受け、莫大《ばくだい》な富を得た。

以降、佃屋をはじめとする摂津系の魚問屋と、大和屋の間で、城への納魚をめぐって争いが起きる。

争いが頂点に達したのは、大和屋三代目助五郎のときであった。大和屋は初代以来、鯛を納魚する活鯛御用人《いきだいごようにん》と納魚請負人《のうぎょうけおいにん》を担《にな》っていたのだが、三代目助五郎は寛保《かんぽう》三年(一七四三)、摂津系の魚問屋、伏見屋作兵衛《ふしみやさくべえ》が務めていた江戸《えど》御用聞商人《ごようききしょうにん》をも任《まか》され、江戸城への納魚を独占《どくせん》するに至った。

事実上、魚河岸を代表する魚問屋となった大和屋に、摂津系の魚問屋はおおいに反発した。

延享《えんきょう》三年(一七四六)、大和屋が問屋からの仕入れ代金を滞納《たいのう》していると町奉行所に訴え、これを契機に大和屋へのさまざまな妨害、嫌がらせをおこない、大和屋を魚河岸から追いだしてしまった。

魚河岸は幕府の組織ではなく、あくまで私設の市場であるが、江戸城への納魚がなによりも優先される。

大和屋という巨大な魚問屋がなくなり、納魚に混乱が生じるようになった。

魚問屋としても、御公儀御用達《ごようたし》となることは、おおいな誉《ほまれ》には違いないのだが、本途《ほんと》値《ね》段《だん》と呼ばれる納魚代金が市価の十分の一という安さで、商《あきな》いを考えれば喜んでばかりもいられない。

幕府は魚河岸への助成措置《じょせいそち》として拝領地《はいりょうち》を与え、買値を市価の六分の一にまで引きあげた。それでも、納魚を嫌がる魚問屋はあとを絶たず、三軒ずつが月番で交代に担うようになった。

すると、注文した魚とは違う魚が届けられたり、数が不足したりという不具合が生じてきたのである。

そこで寛政《かんせい》四年（一七九二）、時の老中、松平定信《まつだいらさだのぶ》によって、魚納屋役所が江戸橋の袂《たもと》に設《もう》けられた。役人を置き、強制的に魚を取りあげたのである。

その結果、役人は横暴《おうぼう》を極め、多くの問屋、仲買《なかがい》、棒《ぼ》手《て》振《ふり》が泣かされた。

なにしろ、魚河岸を練り歩き、目についた魚を売り先が決まっていようが安価な値で奪い取ってしまうのだ。

困り果てた問屋が幕府に強く抗議した結果、魚納屋役所と魚河岸の間を取り次ぐ建継所《たてつぎしょ》が創設された。文化十一年（一八一四）のことである。

問屋が魚を仕入れる際に、仕入れ値の百分の一を建継所に積み立てておき、御城への納魚によって発生する赤字を補塡《ほてん》しようとした。

ところが、今度は建継所に詰める行事《ぎょうじ》たちが権力を持ち、幕府代理人として横暴《おうぼう》を極めるようになった。袖《そで》の下を要求したり、魚の横流しなどもおこなわれた。

「近頃は建継所の行事たちの横暴が過ぎて、魚問屋の連中と揉《も》めているそうですよ。ですからね、いまの魚河岸は不穏《ふおん》ですぜ」

長吉は長い話を締めくくった。

「ふ～ん、麻呂、どうする。よもやとは思うが、なにか、ややこしいことに巻きこまれるかもしれないぞ。ただでさえ魚河岸の連中ってのは、荒くれ者が多いんだからな」

寅太郎にしては珍しく、弱気な態度だ。

「寅さんよりも、暴れん坊がそろっているのですか」

菊麻呂はおかしそうに笑った。

「おれは暴れん坊じゃない。剛腕なんだよ」

寅太郎が返すと、

「これは失礼しました。寅さんが手をあげるのは、そうとうな理由があってのことなんですね」

自分が迂闊《うかつ》だった、と菊麻呂は頭をさげた。

関白殿下に頭をさげられた、いや、純真な菊麻呂を欺《あざむ》いてしまった、と寅太郎は気が差した。役目や義俠心に駆られて暴力に訴えることもあるが、腹立ちまぎれに手をあげるのも、ちょくちょくだ。

失笑した寅太郎に、なおも菊麻呂は問いかける。

「寅さん、八丁堀同心に成る前は、漁師をやっていたんですよね」

「ああ、銚子でな」

「江戸前の魚について教えてください」

菊麻呂に頼まれ、

「麻呂の頼みとあれば、断れないな」

寅太郎は魚河岸に向かって歩きだした。

菊麻呂と長吉は顔を見あわせて微笑《ほほえ》むと、寅太郎に続いた。

二

魚河岸は水溜まりが多いため、下駄履《げたば》きの者が多い。菊麻呂は沓《くつ》を履いている
から不自由はないが、寅太郎は素足に雪駄《せった》とあって、脱いで懐中に入れた。
すると、
「大変だ！」
という叫び声が聞こえた。
魚河岸の喧噪《けんそう》を切り裂くような悲鳴である。
売り買いに高ずる声、足を踏んだ肩がぶつかったなどの些細《ささい》ないさかい、大勢
がひしめくなかを進む荷車の音がやみ、大事出来《だいじしゅったい》を伝える言葉がさざ波のように
広がってゆく。
伝わってくる言葉をまとめると、建継所が占拠《せんきょ》されたのだとわかった。
占拠したのは、勇《いさ》み肌の連中が多い魚河岸にあっても、血気盛んな五人の魚問
屋だそうだ。彼らが大包丁《おおぼうちょう》片手に、建継所に乗りこんだのだった。
肩を怒らせ、荒い息を吐きながら押しかけてきた五人に、建継所の行事たちは

唖然《あぜん》としてろくに抵抗もできなかったという。

「どうします」

長吉が寅太郎に問いかけた。

「だから、面倒事に巻きこまれるって言っただろう。おれの勘《かん》は当たるんだよ」

妙な自慢をして、寅太郎は小鼻を膨《ふく》らませた。

「引きあげますか」

長吉が言うと、

「そうはいくかい。こういうときこそ、南北町奉行所きっての剛腕《ごうわん》同心、鬼塚寅太郎さまの出番だよ。荒長、麻呂を頼むぜ」

指をぱきぱきと鳴らし、肩をぐるぐるまわして、袖をまくりあげる。丸太《まるた》のような腕がむきだしとなり、強面《こわもて》が際立《きわだ》っていかにもな悪党面《あくとうづら》となった。

じつのところ、最近の寅太郎は不満を抱えていた。

海猫《うみねこ》の五郎兵衛《ごろべえ》一味という海賊捕縛《かいぞくほばく》の役目から、外されたのである。

海猫一味は紀州《きしゅう》の漁師であったことから操船に長《た》け、おまけに腕っぷし自慢がそろっていた。

東海道各地で金品を強奪し、巧《たく》みに舟を操って追手《おって》を逃《のが》れてきた。

それが最近になって一味のひとりが捕まり、根城《ねじろ》が江戸にあると白状した。

近々、強奪した金を集め、江戸を離れるという。

南北町奉行所は一味の根城を探索し、突き止めた。

近日中に南北町奉行所共同で捕方《とりかた》を編成し、捕縛に向かうが、寅太郎は加えてもらえないのだ。銚子の漁師だった寅太郎にとって、海猫一味はまさに漁師の面《つら》汚《よご》しであり、絶対にお縄にすると意気込んでいたのだ。

鬱憤《うっぷん》を晴らすかのように、寅太郎はずんずんと建継所に向かう。

「どけ！」

道を塞《ふさ》ぐ者たちを一喝《いっかつ》し、肩で風を切って真ん中を突き進む。

長吉は菊麻呂に「帰りましょう」と声をかけ、守るようにして雑踏《ざっとう》に足を踏みだした。

しかし、

「わたしも行きます」

と、菊麻呂は建継所に走りだした。

「いけませんよ」

止めようと声をかけたが、

た。

「これも見聞《けんぶん》ですね」

という好奇心旺盛な関白殿下の言葉を受け、長吉も呆《あき》れ顔で建継所に足を向けた。

問屋、仲買、棒手振たちが、占拠した五人の男たちの応援に駆け着け、建継所を包囲していた。

さらにこの騒ぎに便乗《びんじょう》した野次馬《やじうま》たち、すなわち魚河岸とは無関係の町人たちが芝居見物気分で、

「やっちまえ」

占拠した五人に声援を送るありさまである。

建継所の中では行事たちがたじろぎ、五人を処罰どころか追いだすこともできない。幕府の代理人を自負する彼らは、開き直った五人の前では無力であった。

行事たちは魚納屋役所に助けを求め、役人が出向いてきたが、十重《とえ》二十重《はたえ》に囲まれた建継所を前に、呆然《ぼうぜん》と立ち尽くすしかなかった。

「おめえらは、ろくに魚のことも知らねえくせに偉そうにしやがって。指くわえていりゃあ、魚は手に入るって思っていやがるのかい。苦労して仕入れた魚を分《ぶん》

捕《ど》りやがって、袖の下までせびりやがってよお。そのうえ、鯛を横流ししてやがるって話じゃねえか」

五人を代表して金八《きんぱち》と名乗る魚問屋が、行事たちを糾弾《きゅうだん》した。ひときわ立派に結った鯔背《いなせ》銀杏《いちょう》が、束《たば》ね役の威厳と心意気《こころいき》を物語っているようだ。

魚河岸の連中は生ものを扱っているせいか、気性が荒い。そうは言っても幕府の代理人を自負する行事たちに、こうまで暴言を浴びせるのは、よほど頭にきているのだろう。

建継所を囲む魚河岸の連中が、「そうだ、そうだ」と応援するのはわかるが、野次馬たちも賛同しているのは、役者に声をかけるような無責任さであった。

「まあ、落ち着け」

宥《なだ》めにかかる行事がいる一方、

「おまえら、お上《かみ》に楯突《たてつ》いて、このような騒ぎを起こし、ただで済むと思っているのか」

威厳を保《たも》とうと、幕府の威光を笠《かさ》に着て居丈高《いたけだか》に振る舞う者もいた。

「うるせえ、おれたちは命なんざ、とっくに捨ててらあ。おめえら、魚河岸から出ていきやがれ、じゃねえと、出刃《でば》で刺身《さしみ》にしてやるぞ」

金八が、持参の大包丁を畳に突き立てた。思わず、行事たちはのけぞる。

「どうしたい、おめえら侍を気取って、人斬り包丁を持っているだろう。だったら、応戦したらどうなんだ。それとも、腰のもんは竹光《たけみつ》ってか」

からかいの言葉を投げる金八に、やんやの歓声があがる。

金八たちの剣幕《けんまく》に呑まれ、行事たちは口をつぐんだ。真冬だというのに、額《ひたい》が汗ばんでいる者もいる。

「おい、どうする」

金八は仲間に問いかけた。

「刺身にしてやったらどうだ」

若い男がおかしそうに笑った。

「よし、やってやるか。どうだ、まず誰からにする」

畳に突き立てた包丁を、やおら金八は抜いた。

「や、やめてくれ」

行事のひとりが悲鳴をあげると、残りの者が逃げだそうとしたが、腰を抜かしたのか立つことができず畳を這《は》いつくばった。

「けっ、無様《ぶざま》なもんだな。これで、よくわかったぜ。お上の威を借りる狐《きつね》どもだってな」

金八は包丁の刃で、ひとりの頬《ほお》を撫《な》でた。行事は全身を震わせた。

野次馬の間から、笑い声があがった。

「刺身ってのは勘弁《かんべん》してやらあ。情けをかけているわけじゃねえぜ、出刃をな、おめえらのような奴に使ったら錆《さ》びちまうんだよ。でえじな魚を捌《さば》くのに使えなくなるってもんだ」

見得《みえ》を切るように金八は出刃包丁を頭上に掲《かか》げ、両目を大きく見開いた。

「成田屋《なりたや》！」

調子づいた野次馬から、芝居小屋の大向こうのようなかけ声がかかる。

「出ていけ！」

五人が声をそろえ、行事たちに怒鳴ったところで、

「な、なにしやがる」

「押すなったら」

野次馬の間から不満の声があがり、人混みが波のように動いた。

「邪魔だってんだ」

野次馬を搔《か》き分け、鬼塚寅太郎が姿を見せる。

突如《とつじょ》現れた八丁堀同心に、周囲の者は困惑したように黙りこんだ。

寅太郎は肩を怒らせ、建継所の前に立つと勢いよく引き戸を開けた。

「なんでえ」

金八たちが睨《にら》みつける。

「南北町奉行所きっての剛腕同心、鬼塚寅太郎さまだ」

土間に仁王《におうだ》立ちして、寅太郎が素性《すじよう》を明かした。

金八たち魚問屋も建継所の行事たちも、八丁堀同心がやってきたことに違和感を覚《おぼ》えているようで、寅太郎の言動を注視するように口を閉ざした。

それでも、金八が魚河岸の意地を示すように語りかけた。

「八丁堀の旦那だって、魚のことなんかわかりゃしねえよ。怪我したくなかったら、さっさと帰りな」

「目の前で騒ぎが起きたんだ。見過ごすわけにはいくもんか。おまえら、いつまでもここに居座ってないで、働きな。魚は待ってくれねえぞ」

脅しなど屁《へ》とも思わず、寅太郎は言い返した。

「てやんでえ、八丁堀同心が怖くて、魚河岸の魚問屋がやってられるか。魚河岸の意地ってもんを見せてやるぜ」

強気の姿勢を崩《くず》さず、金八は悪態を吐いた。

「なら、腕で言いきかせてやるしかないな」

寅太郎は外に出た。

「とっとと、出てこい。怖気づいたのか」

からかうかのように声をかける。

「吠《ほ》え面《づら》かくなよ」

かかってこいとばかりに、金八が立ちあがる。他の四人も腰をあげた。五人は憤怒《ふんぬ》の形相《ぎょうそう》で表に出る。

好奇心を募らせた大勢の野次馬が、まわりを取り囲む。新たな芝居の出し物がはじまったとでも期待しているようだ。

「散れ」

蠅《はえ》を追い散らすように、寅太郎は右手を掃《はら》った。野次馬のなかには、魚河岸の問題に口出しする八丁堀同心に反発心を抱《いだ》く者もいる。拳《こぶし》を握りしめて、いまにも殴りかからんばかりだ。

魚河岸に不穏な空気が流れる。

五人が寅太郎の前に、扇《おうぎ》のように連《つら》なった。

「勘違いするな。喧嘩《けんか》をしようってんじゃないんだ。お縄《なわ》にする気もない。ただ、建継所を乗っ取るのはやめろということだ」

自分の言葉が嘘ではないのを示すように、寅太郎は腰の大小を鞘《さや》ごと抜き、さらには十手《じって》も抜き放って、地べたに置いた。

菊麻呂が大小と十手を両手で拾いあげ、大事に抱えこむ。

だが、寅太郎の言葉は耳に入らなかったのか、金八が殴りかかってきた。

さっと腰を落とし、迎え撃つ。金八の拳を、右の拳でつかんだ。眉ひとつ動かすことなく拳に力をこめる。

「い、痛え！」

金八は爪先立《つまさきだ》ちとなって、顔を引きつらせた。

「おいおい、粋《いき》がっているわりには、そんなもんかい」

からかいの言葉を投げかけてから、拳を離した。金八はがっくりと片膝《かたひざ》をつき、痛みをほぐすかのようにつかまれた拳を閉じたり開いたりした。

次いで、寅太郎は四人の前に進み、ひとりの頬《ほお》に平手打ちをかます。頬が打たれる音が、寒風を引き裂いた。間髪《かんはつ》いれず、ふたりに頭突きを見舞う。

残るひとりが、

「食らいやがれ」

大包丁を振りまわしながら襲いかかってきた。

菊麻呂は大刀を渡そうとしたが、足が動かない。それどころか、足が震え、恐怖心が身体を金縛《かなしば》りにした。

すかさず、長吉が長脇差《ながわきざし》を抜いて寅太郎に投げた。寅太郎は柄をつかんで抜き放つや、横に掃った。

日輪を受け、まばゆく煌《きら》めいた白刃が、包丁を真っ二つにした。

「ひええ」

男は震えながら尻餅《しりもち》をついた。

まわりを囲んでいた野次馬は言葉を失っていたが、やがて大きくどよめいた。

「さあ、これで話ができるだろう。おまえらの不満をぶつけてくれ」

寅太郎は長脇差を、長吉に返した。

呆然と立ち尽くす菊麻呂のそばに行き、大小と十手を受け取ろうとした。はっとしたように菊麻呂は、大小と十手を差しだし、

「寅さん、お見事です。格好よかったですよ」

と、満面に笑みを広げた。

金八たちは口を半開きにして尻餅をついていたが、寅太郎が「立てよ」と声をかけると腰をあげた。そこへ、建継所の行事たちがやってきて、

「鬼塚殿、ご苦労でござったな」

ついいましがたまで怯《おび》えていた男が、胸を張って五人を見おろす。次いで、

「お上を憚《はばか》らぬ不届き者め、神妙にいたせ」

と、武張《ぶば》った調子で声を放った。

五人が顔をしかめる。

行事たちを無視した寅太郎は、五人に向かって、

「さあ、なんでもぶちまけな」

五人は顔を見あわせた。

ところが、

「立ちませい」

頭ごなしに声を発すると、行事たちは五人を引きたてようとした。野次馬が後ずさり、なかには自分に害が及ぶことを恐れて立ち去る者が出た。

寅太郎は、行事たちと五人の間に立ち、

「あんたらはすっこんでな」

鋭《するど》い目で行事たちに言葉を投げた。

「あ、いや、狼藉者《ろうぜきもの》たちですぞ。近くの番所《ばんしょ》に連れてゆきます。鬼塚殿も同道してくだされ」

「こいつらは、狼藉者じゃないぜ。魚河岸の問屋たちだ。問屋が覚悟のうえで、あんたらに抗議に押しかけたんだ。言い分を聞いてやってもいいだろう」

温情を見せた寅太郎に、行事たちは不満を募らせ、

「建継所を襲った者は、狼藉を働いたのでござる」

自分たちの主張を繰り返した。

「だから、違うって言っているだろう。実際、あんたらに危害を加えていないし、建継所を壊してもいない」

寅太郎が毅然《きぜん》と言い放つと、行事たちは黙りこんだ。

「さあ、話しな」

あらためて五人に向き直った。

ところが、

「うめえこと言いやがって。どうせ、鬼塚の旦那だって一緒だよ」

金八は反発するばかりだ。

「なにが一緒だ」

「魚のことなんか、わかりゃしねえってことさ」

寅太郎を金八たちは信用しようとはしなかった。

「魚のことをわかりもしねえお役人に、話をしたって無駄さ」

金八がぷいと横を向くと、四人も固く口を閉ざした。

寅太郎は周囲を見まわした。

時節は冬、七五三を控《ひか》えて鯛、ほうぼう、かながしらといった祝い魚が入荷されている。冬晴れの空の下、これらの赤い魚が映えていた。

が、なんと言っても冬は鮟鱇《あんこう》だ。鮟鱇は雪に詰められ送られてくる。

仲買の店先には、口から鉤《かぎ》で吊るされた鮟鱇がぶらさがっていた。巨大であるため、俎板《まないた》の上では捌けない。魚河岸では、鮟鱇を吊るし切りにする。

「鮟鱇に捨てるところなしってな」

寅太郎はつぶやくと、おもむろに鮟鱇に近づき、仲買になにやら語りかけた。

帰ろうとした野次馬たちが足を止め、寅太郎のおこないを見守る。

「ちょいと、ごめんよ」

威勢のいい声とともに、長吉が野次馬を掻き分けてきた。すでに、寅太郎の意図をすばやく察しているようだ。

盤台《ばんだい》と大きな丼《どんぶり》を、鮟鱇の下に置く。

「荒長、ご苦労」

声をかけてから、寅太郎は鮟鱇を見あげ、

「うむ、なかなか美味そうだ」

舌でぺろりと唇を舐《な》めると、脇差を抜いた。

鈍《にぶ》い煌《きら》めきを放つ刃は、十分に研がれた包丁のようだ。

長吉が、水を汲んだ桶《おけ》と大柄杓《おおひしゃく》を用意した。

寅太郎は羽織《はおり》を脱ぎ、千鳥格子柄《ちどりごうしがら》の小袖を片肌《かたはだ》脱ぎにした。

たくましい上半身があらわとなり、野次馬から垂涎《すいぜん》のため息が漏《も》れた。

大柄杓で水を汲み、鮟鱇の口から流しこむ。六度、繰り返すと、口から水があふれ出た。

寅太郎の動きは速かった。

電光石火《でんこうせっか》、脇差が目にも止まらぬ速さで動くや、顎《あご》から皮を剝《は》いでゆく。あっという間に、黒白の皮が剝ぎ取られ、盤台に入れられる。続いて、口のまわりの身を裂いてゆく。

あざやかな包丁捌きならぬ脇差捌きが繰り広げられ、

「ほら、胆《きも》だぜ。おまえら、茹《ゆ》でてこい。醬油も忘れずにな」

寅太郎は五人に声をかけた。

反感を抱いていた五人だったが、あざやかな包丁捌きを目のあたりにし、

「合点でえ」

ひとりが威勢のよい声をあげると丼で胆を受け、「どいた、どいた」と走りだした。

「鬼塚さん、胆だけ茹でてどうするんだい」

金八が危ぶみの声をかけた。

「いいから黙ってな」

聞く耳を持たず、寅太郎は黙々《もくもく》と脇差で鮟鱇を捌いていく。

野次馬ばかりか、金八たちや建継所の役人たちも引きつけられるようにして、寅太郎の脇差捌きに見入った。

「ともだ」

ともを盤台に入れる。

続いて、柳《やなぎ》（頬肉）、ぬの（卵巣《らんそう》）、えら、腸《ちょう》をあざやかな手並みで切り分けて

盤台に並べた。そして最後に、胃袋を刺した。

胃袋は水袋と通称されるだけあって、太い奔流《ほんりゅう》となって水が流れ出た。

寅太郎は脇差を洗い、胃袋を切り取って盤台に並べた。

そこへ、男が茹でた肝と溜まり醤油を持ってきた。

「さあ、鮟鱇の刺身だ。相伴《しょうばん》させてやるぜ」

寅太郎は五人に言ったが、

「鮟鱇は刺身じゃ食わねえよ」

鮟鱇を捌いているときには感心していた金八だったが、小馬鹿にしたような物言いとなっている。これだから素人は駄目だというように、鼻で笑う魚河岸の連中もいた。

無理もない。

鮟鱇は刺身では食べないのだ。

「勿体《もったい》ないね。鮟鱇は鍋《なべ》でも美味いが、刺身もいけるんだぜ。酒の肴《さかな》にぴったりだって」

「旦那、生臭《なまぐさ》くていけねえよ」

金八が異をとなえると、

「溜まり醤油が臭みを消してくれるし、胆が甘味を加えてくれるんだ」

寅太郎は箸《はし》で身をひと切れつまむと、胆を溶かした溜まり醤油に浸《ひた》した。分厚い切り身が、醤油を弾《はじ》いた。

丸ごと口の中に入れる。

「美味え！」

感極まった声とともに笑みがこぼれた。

ひとげもなく喜ぶ寅太郎に、生唾《なまつば》を飲みこむ音がした。

「荒長、いけるぜ」

長吉に勧めたが、

「あ、いや、あっしは、腹が減っていないんで」

と、遠慮した。

「みろ、子分だって食べようとしないじゃないか」

金八は仲間と声をあげて笑った。

「いいから、食え」

むきになって寅太郎は、長吉に迫った。長吉は渋々《しぶしぶ》食べようとしたが、

「麻呂が食します」

ほがらかな声で菊麻呂が進み出ると、寅太郎から箸を受け取り、ひと切れを溜まり醤油に浸して食べた。

嚙むごとに笑みを広げ、

「ほっぺたが落ちます」

と、声高らかに言う。

野次馬から歓声があがった。

ここに至って、金八がたまらず歩を進め、

「ちょいとひと切れ、試させてくだせえ」

と、頭をさげた。

「存分に食いな」

寅太郎に許可を得ると、金八はおっかなびっくりの様子でひと口食べた。

眉間《みけん》に皺《しわ》を寄せ、しばし咀嚼《そしゃく》したあと、

「いけるぜ」

と、四人の仲間に語りかけた。

「おい、おい、そんなみみっちい食べ方しちゃあ、鮟鱇が可哀相《かわいそう》だぜ」

寅太郎にうながされ、

「違いねえや」

　金八は切り身に丸ごとかぶりついた。ごくり飲みこむと、

「こいつは驚いた。鯛にも負けねえぜ。旦那、どこで鮟鱇の刺身が美味いってお知りになったんですか」

　これまでの伝法《でんぽう》な物言いを一変させ、金八は低姿勢で教えを請うた。

「おれはな、八丁堀同心の家に生まれたんだが、親父と喧嘩して、二年前までは銚子の網元《あみもと》に厄介になっていたんだ。それでな、漁のことや魚のことを身体で、舌で教わったってこった」

「八丁堀の旦那が、銚子の網元で漁師修業とは、そらまたどうしてですかい」

　金八は興味津々《きょうみしんしん》の様子で尋ねてきたが、

「おっと、これ以上は聞きっこなしだ。美味い魚を前に素性調べなんざ、野暮《やぼ》ってもんだぜ。さあ、せっかくの鮟鱇だ、残さず食べてくれ。あとは、みなで鍋にでもするといいぜ」

　寅太郎の言葉に、

「そりゃそうですね」

　金八も破顔した。

見物していた魚河岸の者たちが集まり、そのまま宴《うたげ》がはじまりそうになるなか、寅太郎はひっそりとその場を去って、行事たちに向かって歩いていった。

行事たちは戸惑《とまど》いの視線で、寅太郎を迎える。

年輩の男が責任者のようで、川越清左衛門《かわごえせいざえもん》と名乗った。

「さてと、今回の騒ぎだがな、五人の問屋が押しかけてきたってのは、誉められたことじゃねえが、よっぽどの理由があるってことだろう」

「いや、それは、あの者たちの横暴でござる。魚河岸の者ども、役人を役人とも侍を侍とも思わぬ者ばかり。日頃より目にあまる狼藉を繰り返しておりました」

「そりゃ、魚河岸の気質《きしつ》ってもんだ。勇み肌は魚河岸の男伊達《おとこだて》だぜ」

「鬼塚殿はずいぶんとあの者たちを贔屓《ひいき》にしておるようだが、なにかよい思いでもさせてもらうつもりかのう」

「こいつは、ご挨拶だな。いい思いをしようって好き放題にやってるのは、どこのどなたさまだよ、なあ、川越さんよ」

寅太郎が強い眼差しを向けると、

「な、なにを申される」

川越は言葉を並べようとするが焦《あせ》るばかりで、口を開いたり閉じたりした。

「なんだ、口をぱくぱくさせやがって、河豚《ふぐ》じゃねえってんだ」

嘲笑《あざわら》いつつ、寅太郎は建継所へと向かって足を踏み入れた。

立てかけられている簾《すだれ》を横に倒し、甕《かめ》を引きだした。

「なにをする」

あわてて行事たちが入ってきた。

無視して甕をのぞく。

「鯛じゃねえか」

鯛の尻尾を持って持ちあげた。

川越たちは、ばつが悪そうな顔になった。

「いかにも、素人が好きそうな鯛だ。でかけりゃいいと思ってやがる」

寅太郎が鯛と行事たちの顔を交互に見くらべると、行事たちは黙りこんだ。

「この鯛、どうしようってんだ。いまもここにあるってことは、お城へ納める鯛じゃねえな。城には朝早く持っていくはずだ」

「い、いや、それは、明日に納める予定で」

言いわけじみた言葉を返す役人に、

「往生際《おうじょうぎわ》が悪いぜ。金八が責めたてていたように、あんたら、横流ししているんだろう」

ずばり指摘すると、川越たちはがっくりとうなだれた。

「あんたらの処分は、追って沙汰《さた》があるだろうぜ」

寅太郎は高らかに告げた。

三

建継所から出ると、菊麻呂と長吉が待っていた。

「魚河岸の騒ぎ、見事におさめましたね。建継所の奴ら、甘い汁を吸っていたんですね」

長吉は建継所を見て舌打ちをした。

「まったく、ひでえ奴らだ。もっと懲《こ》らしめてやりゃよかったな」

悔いるように言ってから、寅太郎はあくびを漏らした。

「あの騒ぎを起こした者たちの背後に、なにかがあるような気がするのです」

菊麻呂が言うと、

「気のせいじゃないのか」

寅太郎は鼻で笑った。

「そうかもしれません。きっと麻呂が間違っているのでしょう」

寅太郎を気遣《きづか》ったばかりか、根拠なき直感頼りの考えに気が引け、菊麻呂は間違いだと認めた。

「おまえは考えすぎなんだよ」

がははは、と寅太郎は豪快に笑い飛ばした。

次いで、

「さて、と」

腹が減った、と一膳飯屋《いちぜんめしや》を探すぞと言った。

「なんせ、鮟鱇は魚河岸の連中たちに取られちまったからな。ええと……」

あそこがいい、と寅太郎は目をつけた一膳飯屋に向かおうとした。長吉は、ここで失礼します、と立ち去った。

と、さきほどから菊麻呂と寅太郎を、ひそかに見ている女たちがいた。

菊麻呂の姉、鶴子《つるこ》とその侍女である。かねてより鶴子は魚河岸見物を望み、本日、その願いが叶《かな》ったのである。

そしてなんの偶然か、弟と寅太郎の立ちまわりに出くわした。

鶴子と侍女たちは、あわてて菊麻呂と寅太郎を追いかけた。

一膳飯屋の土間には大きな縁台が三つ置かれ、男たちが腰かけて食事をしている。多くが魚河岸に出入りする棒手振たちで、出入り先に魚を届ける前に腹ごしらえをしているのだ。

なかには、仕事を放りだして昼間から酒を飲んでいる者もいた。

ざっかけない店内は、粗野《そや》な寅太郎にはいかにもふさわしい。

菊麻呂は寅太郎と並んで、縁台に腰かけた。八丁堀同心と若い神主《かんぬし》の取りあわせに奇異な目も向けられたが、強面《こわもて》の寅太郎に直接尋ねる者はいない。

「麻呂、ここはな、新鮮な江戸前の魚が食えるぞ。と言っても、握り寿司を食べたあとだから、鮪の漬けを食べてみな」

寅太郎に勧められ、菊麻呂は鮪の漬けを食べることにした。寅太郎も同じものを頼むと、待つことなく折敷《おしき》が運ばれてきた。丼飯と味噌汁、それに鮪の漬けが皿に盛られている。

「これが鮪の漬けですか」

菊麻呂は興味津々の目をした。

鮪の切り身が無造作に並び、皿の隅《すみ》には山葵《わさび》が添えられていた。鮪の赤身は黒味を帯び、山葵の緑が映えていた。

「醤油に味醂《みりん》と酒を加えた出汁《だし》に、鮪を漬けたもんだ。生魚の臭みが消されるからな、刺身が苦手な者でも食べられるって寸法だ」

魚のことになると、寅太郎は親切な説明をしてくれる。

菊麻呂は箸でひと切れつまみ、口に運んだ。

さきほど食べた鮪とは違う。握り寿司の鮪はあっさりとした甘味があったが、漬けのほうは出汁の濃厚さが鮪を引きたてていた。

これは、飯が進む。

すっかりと夢中になり、菊麻呂はふた切れを飯とともに掻きこんだ。

「まあ、寅さまに菊麻呂やないか」

そこで、はんなりとした京言葉が聞こえた。

丼から顔をあげずとも、菊麻呂は姉の鶴子だとわかった。

雑多《ざった》な一膳飯屋にあっては異色、まさに掃《は》き溜《だ》めに鶴《つる》である。

名は体《たい》を表すとは、鶴子のことだ。

上品な白小袖に白綸子の打掛《うちかけ》をまとっているため、まさしく地上におりたった白鶴《はくつる》のようだ。

当然ながら、店内の男たちは、ひそひそ話を交わしはじめた。魚河岸の威勢のよい男たちのなかには、声をかけようとする者もいたが、どうやら知りあいが強面の八丁堀同心とあって、遠慮している。

「なんだ、またぞろ、お忍びの視察かい」

寅太郎のからかいを無視して、鶴子は鮪の漬けに興味を示す。

「それは、なんですの」

「こりゃ、鮪の漬けって言ってな、鮪のぶつ切りを、醬油に味醂と酒を加えた出汁に漬けたものさ」

という寅太郎の説明に続き、

「醬油に出汁を漬けると、生魚の臭みが取れて味もまろやかになるんですよ。姉上のお口にもきっと合います」

菊麻呂が言い添えた。

「食べてみたいわ」

ますます鶴子は興味を示した。付き従う女中たちは危ぶんでいるが、鶴子の好

奇心をおさえられるわけもなく、

「いただきます」

と、菊麻呂の横に座った。

菊麻呂から丼飯を受け取り、鮪をつまむと目の前に持ってきて、しげしげと眺《なが》める。

「けったいな魚やこと……赤黒いのは醤油のせいなんかな」

「ごちゃごちゃ言ってねえで、食べてみな」

いかにも寅太郎らしい、直截《ちょくせつ》な物言いをした。

鶴子はこくりとうなずき、おちょぼ口に運んだ。口の中に入れ、広げた扇で咀嚼を隠す。

たちまち、表情がぱっと明るくなった。

「美味しゅうございます」

「そりゃよかったな。なら、もっと美味く食べる方法を教えてやるよ」

寅太郎の言葉に、またもや鶴子は興味を示す。

「まあ、どんな」

「こうやってな」

寅太郎はひと切れを丼飯に乗せ、さらにぱりぱりの浅草海苔《あさくさのり》で包むと、豪快に掻きこんだ。

それを鶴子は口を半開きにして眺めてから、

「こうですか」

と、みずからも同じように鮪を真っ白な飯に乗せ、海苔で切り身を包み、ご飯と一緒に食べた。

好奇なお姫さまには不似合いな行儀の悪さが、鮪の漬けの美味ぶりを物語っている。

鶴子は満足の様子で食べ終えた。

おもむろに、

「お城で耳にしたのですが、南と北の御奉行所は海猫の五郎兵衛なる盗人一味をお縄にするのですってね。そんな大捕物、きっと、寅さまが担《にな》われるでしょうね」

と、鶴子は微笑《ほほえ》んだ。

いかにも、噂好き、野次馬根性に満ちあふれるあまり江戸見物にやってきた鶴子らしい物言いだ。

そんな鶴子にとって、捕物はひときわ興味を引かれる話題に違いない。

一味捕縛から外され、苦い思いを抱いている寅太郎を気遣い、

「姉上、鮪の漬け、本当に美味でしたね」

菊麻呂は話題を逸《そ》らそうとしたが、わが道を行く鶴子には通じず、

「海猫一味は海賊だそうですね。盗んだお金を、船で江戸に持ちこんでいるのですよね。なんでも捕物に功をあげた者には、一味から取り戻したお金の一部が褒美にくだされるとか。寅さま、よかったですね」

と、自分のことのように喜んだ。

「おおよ、褒美をもらったら、鮪でも鯛でもごっそり、一橋《ひとつばし》さまの御屋敷に届けてやるぜ」

苦笑混じりに寅太郎は言った。

その言葉を真に受け、鶴子は無邪気《むじゃき》に喜んだ。

肩を落とし、大きな身体を小さくした寅太郎の落胆ぶりに、鶴子が気づくはずもなかった。

四

明くる朝、南町奉行所に出仕した寅太郎が同心詰所《つめしょ》に入ると、朋輩《ほうばい》たちがひそひそ話をしていた。

筆頭《ひっとう》同心の平田《ひらた》凡太郎《ぼんたろう》が、

「鬼塚、ちょっと」

と、声をかけてきた。

特徴のない、何度見ても記憶に残らない顔に、不安の影が差している。

「なんだい」

寅太郎は問い直した。

上役相手だろうが、寅太郎の接し方は変わらない。よく言えば表裏がない正直な男、悪く言えば傍若無人《ぼうじゃくぶじん》で不遜《ふそん》な男、そして、朋輩たちはみな後者だと思っている。

「昨日、魚河岸でひと騒動起こしただろう」

「おいおい、騒ぎを起こしたんじゃなくって、おさめたんだ。そこのところ、間違えるなよ。あんた、筆頭同心だろう。部下の所業《しょぎょう》はきちんと把握《はあく》しな」

反論するどころか、寅太郎は説教までした。

平田は嫌な顔になり、

「ところがな、公儀の御膳《ごぜん》奉行さまから……」

と、声をひそめた。

御膳奉行は将軍に供する食膳、菓子を管掌《かんしょう》するお役目だ。江戸城の台所に納入される食膳を管理する賄頭《まかないがしら》や、調理をする御膳所御台所頭《ごぜんどころみだいどころがしら》を配下に従える。

二百石から三百五十石の下級旗本が務めるが、将軍の食膳を任される重要な役目とあって、江戸城内でも一目《いちもく》置かれていた。

「御膳奉行が文句を言ってきたのか」

むっとして寅太郎は返す。

「そうだ。建継所からな、南町の同心が魚問屋の片棒を担《かつ》いで乱暴を働いた、という報告があがったそうだ。おまえ、相当に暴れたそうだな」

「だから、言っただろう。暴れた者を鎮《しず》めてやったんだ」

声を大きくした寅太郎に、平田は指を耳の穴に入れ、不愉快そうに顔をゆがめてから、

「謹慎《きんしん》だ」

と、ぶっきらぼうに告げた。

「なんで、おれが謹慎なんだ」

寅太郎は平田に詰め寄る。

「だから、御膳奉行さまから、奉行所に抗議があったんだ。おまえの振る舞いにな。ここはおとなしくしてくれ」

平田は、「このとおりだ」と両手を合わせた。

どちらが上役かわからない。

「わかったよ。休めって言うんだったら休んでやるさ」

恩着せがましく、寅太郎は受け入れた。

「休みじゃない。謹慎だ」

平田は強調した。

「要するに、奉行所に顔を出すなってことだろう」

「八丁堀の組屋敷から外に出るなということだ。一室に閉じこもり、身を処すんだ……ま、無理だろうがな。せめて、外出は遠慮してくれ」

懇願《こんがん》するように平田は言い添えた。

「おれがいなくていいのかい」

寅太郎は詰所内を見まわした。

朋輩たちは知らん顔で、雑談に興じている。

「ああ、なんとかするよ」

生返事を平田はした。謹慎中という限られた期間であっても、厄介者がいなくなってよかったと思っているようだ。

「海猫の五郎兵衛一味はどうするんだ。捕物から外された身で、いまさらなことを言うがな。奴らは海賊だぞ。おれくらいの手練《てだれ》がいないと、お縄にはできないぜ」

「心配ない。我らでなんとかする」

平田は胸を張った。

「なんとかできるのか」

「ああ、やってみせる」

話は済んだとばかりに、平田は縁台に腰かけて煙草盆《たばこぼん》を引き寄せた。

「けっ、勝手にしやがれ。困って、頼みにきても知らないからな」

寅太郎はむっとしたまま、詰所から出ていった。

「さあ、思う存分、休暇を楽しむぞ」

これみよがしに、寅太郎は大声を放った。

舌打ちする者、安堵する者、冷笑を浮かべる者はいたが、羨《うらや》ましがる朋輩はいなかった。

「くれぐれも、外に出るなよ」

平田が釘《くぎ》を刺したが、寅太郎は返事をせずに去っていった。


寅太郎が謹慎になったと聞き、菊麻呂はなんとかしようと思った。

ここは姉の鶴子を頼ろうと、江戸城内一橋御門内にある一橋治済《はるさだ》の屋敷にやってきた。鶴子を訪問したい、と連絡すると、寅太郎の屋敷に駕籠《かご》が差し向けられ、それに乗ってきたのだ。

衣冠《いかん》、束帯《そくたい》という関白の身形《みなり》は整えていたが、お忍びということで、将軍徳川家斉《いえなり》とは会わずにいた。

将軍と関白の対面となると、江戸城あげての大事《だいじ》となる。儀式、典礼、宴席に老中以下、てんてこまいとなるだろう。

そのことは治済もよく心得ていて、菊麻呂を一橋邸で、ささやかだが心のこもったもてなしで受け入れてくれた。はるか京の都から江戸に下《くだ》ってきた高貴な姉弟の語らいに、理解を示してくれたのだ。

一橋家の当主治済は家斉の実父。幕政に口出しこそしないものの、隠然《いんぜん》たる勢力を持っている。老中も治済の顔色をうかがい、幕政を進めるのが常だった。

二年前に出家した治済は、いまは頭を丸めた法体《ほったい》となっている。

酒は形ばかりに出され、料理は贅《ぜい》を尽くしたものだった。

江戸での暮らしに不便はないか、と治済は気遣ってくれ、やはり警固の者を付けようかとまで心配してくれたが、

「お気遣いなく。なにしろ屋敷の主、南町奉行所同心の鬼塚寅太郎殿は、まさに一騎当千《いっきとうせん》の強者《つわもの》、南北町奉行所随一《ずいいち》の剛腕同心ですから」

と、遠慮した。

鶴子も、

「じつに頼もしい殿御でいらっしゃいますわ」

と、寅太郎を称《たた》えた。

「そうでしたな。鬼塚寅太郎……まさしく鬼と虎を合わせたような猛者《もさ》の屋敷に、住まわれていらっしゃるのでした。鬼と虎に守護されておれば、なにも心配ない

ですな」

笑みを浮かべた治済の好々爺然《こうこうやぜん》とした風貌《ふうぼう》の裏には、権謀術数《けんぼうじゅつすう》に長《た》けた策士の顔がひそんでいる、そのことは、菊麻呂の耳にも入る評判である。

「本日は、とても美味しく膳を頂戴《ちょうだい》しました。つきましては、御膳奉行さんにお礼を申したいのです」

菊麻呂は治済に願った。

「それは、きっと御膳奉行も喜びましょう」

いまから登城するため、御膳奉行をここに来させる、と治済は引き受けてくれた。


治済がいなくなってから菊麻呂は、寅太郎の魚河岸での振る舞いが問題になったことを、姉に説明をした。

「まあ、寅さまはちっとも悪くないのに」

眉根《まゆね》を寄せ、鶴子は寅太郎を心配した。

ほどなくして、御膳奉行の山川助左衛門《やまかわすけざえもん》が一橋屋敷を訪れた。裃《かみしも》に威儀を正した山川は、恐縮《きょうしゅく》の体《てい》で濡れ縁に正座をし、面を伏せたまま固まっている。

おそらく御城で治済に呼びだされ、これは一大事とあわてて身形を整えて駆けつけてきたのだろう。

鶴子が、

「どうぞ、中にお入りなされ」

と、声をかけても、

「ははあ～」

と、ひたすら畏《おそ》れ入るばかりである。

菊麻呂は腰をあげて濡れ縁に出ると、山川の前に座った。

山川はますます縮《ちぢ》こまったが、

「それでは、お礼が言えません。どうか、面をあげてください」

菊麻呂にうながされると、ようやく山川は顔をあげた。

初老の実直そうな男であった。

「とても美味しかったですよ。とくに鯛は絶品でした」

菊麻呂が褒めると、山川は破顔し、

「それはようございました。魚河岸から届けられた、とっておきの鯛でござります」

と、心持ち自慢げに返した。

「ほんに、美味でした」

鶴子も賞賛の言葉を述べたてた。

それから山川は、魚河岸から納められる鯛に関して、しばし蘊蓄《うんちく》を語った。

話が途切れたところで、

「いまの時節は、鮟鱇が美味ですね」

菊麻呂が言うと、

「よく、ご存じで……」

山川は驚きの表情を浮かべた。

次に鶴子が、

「鮪の漬けも美味しゅうございますわ」

と、言った。

山川は目をぱちくりとさせ、

「これは……では、次には鮟鱇と鮪を調理いたしたいと存じますが、鮟鱇はともかく、鮪はなかなか手に入りません」

苦しそうに山川は言った。

「鮪は下魚《げざかな》だから、日本橋の魚河岸では扱わないのですね」

菊麻呂が言うと、

「関白さま、よくご存じで」

ますます山川は感心した。

「じつは、魚河岸を見物したのです」

「え、あのような下世話な場所……さぞや、不快に思われたのではございませぬか。魚河岸の者ども、気性の荒い無礼な輩《やから》が多いですから、なにか失礼なことをしなかったでしょうか」

恐る恐る山川は問いかけた。

「いえ、そんなことはありません。みなさん、とても親切でした」

菊麻呂が答えると、山川は安堵の表情となった。

それから、

「ただ、ちょっとした騒ぎがありましたね」

菊麻呂は、建継所での騒動について語った。

たちまち山川が顔を曇《くも》らせ、

「申しわけございませぬ」

額を濡れ縁にこすりつけて詫びた。

「その騒ぎに、ひとりの八丁堀同心が居合わせました」

菊麻呂の言葉に、

「ああ、その男でしたら、不届きにつき、処罰する所存でござります」

当然のように山川は答える。

「どのような処罰なのですか」

「まだ、決めておりませぬが、いまのところ謹慎させております」

「わたしの目には、八丁堀同心に非はなかったと映りました」

「それは……」

「処罰どころか、褒美を与えるべきだと思います」

思いがけぬ菊麻呂の言葉に、

「これは驚きましたな」

山川はきょとんとなった。

それから気持ちを落ち着け、

「八丁堀同心は断りもなく建継所に押し入り、魚河岸の者どもといさかいを起こし、なおかつ建継所をなじった、と聞いております。畏《おそ》れ多くも将軍家の食膳に供される魚を司《つかさど》る魚河岸、並びに建継所において、乱暴なる振る舞いは許されるものではありませぬ」

　生真面目な人柄を物語るように、山川は必死の顔つきである。

「それは、間違いです」

　菊麻呂は、自分が見た光景を淡々《たんたん》と語った。

「なんと……」

　山川は絶句した。

「徳川さんの政《まつりごと》につきまして、口出しをする気はありません。ただ、これは政ではなく、単なるいさかい事です。たまたま、そこに居合わせた者として、罪もない者が処罰されるのは見過ごしにはできないのです」

　菊麻呂は表情を引きしめた。

　衣冠束帯に身を包んだ菊麻呂は、いつもの少年の面影《おもかげ》がなりをひそめ、五摂家筆頭、近衛家当主、公家の頂《いただ》きに立つ関白の威厳に満ちていた。

　もっともな正論と、関白の威厳が相まって、山川は威圧された。

「わ、わかりました。建継所の一件は調べ直します」

　身体中を震わせ、山川は応じた。

「調べは、その八丁堀同心に任《まか》せてはどうでしょうか」

菊麻呂の提案に、山川が怪訝《けげん》な表情を浮かべる。

「建継所は、なにか不穏なものを感じます。暗雲が垂れこめているのです。かの八丁堀同心なら、その暗雲を晴らしてくれると思いますよ」

微笑んだ菊麻呂に、

「はあ……関白さまがそこまで見込まれるのでしたら」

わけがわからないといった顔で、山川は承知した。

五

明くる日、八丁堀の組屋敷に建継所の行事、川越清左衛門がやってきた。

川越は、目の下一尺の立派な鯛を、土産《みやげ》に持参してきた。大きな盥《たらい》に入れ、とりあえず台所に置く。

「で、どうした」

寅太郎は問いかけた。

「いや、先日のいさかい事で、貴殿が非を問われているとのこと。これは申しわけない、と御膳奉行山川さまに訴え出ました。決して、鬼塚殿に非はございませぬ、と。そして、公儀が問題にするようなことではない、とも」

いかにも、自分が寅太郎の濡《ぬ》れ衣《ぎぬ》を晴らしたような言い方をした。

横で菊麻呂は、笑いを嚙《か》み殺した。寅太郎には、山川に謹慎を解くよう頼んだことは話していない。

「そうかい、そりゃすまなかったな。といっても、当然と言えば当然だ」

さして喜びもせず、寅太郎は浮かない顔をした。

「ご不満ですかな」

予想した反応ではなく、川越は危惧《きぐ》した。

「ひと月くらい遊んでられると思ったんだよな。それが、早くも仕事だ」

ありがた迷惑だと言わんばかりに、寅太郎は舌打ちをした。

「はあ……ですが、謹慎はつらいですぞ」

川越の言葉に、

「気楽でいいがな」

寅太郎はあくびを漏らした。

首をすくめた川越は、では失礼いたします、とそそくさと腰をあげた。

「あの、それだけですか」

菊麻呂が呼び止めたが、

「そうです」

そう言い残し、本当に川越は帰っていった。

おそらく山川から、寅太郎が建継所について調べると聞いたはずだ。しかし、川越は口に出さなかった。

都合の悪いことがあるに決まっている。

「寅さん、魚河岸に行きましょう」

菊麻呂は誘った。

「なんだ、麻呂。そんなに魚河岸が気に入ったのか」

寅太郎は意外そうな顔をした。

「そうなんですよ」

無邪気に菊麻呂はうなずくと、

「ほほう、鮪の漬けが気に入ったか」

そうです、と答えてから、

「寅さん、海猫の五郎兵衛一味の捕縛に参加できず、残念なんじゃありませんか」

「奉行所の奴ら、おれに泣きついてくるさ……」

と、言いながらも、

「いや、そうでもないな。あいつら、おれを除《の》け者にする気だ。おおかた、褒美をおれに取られたくないのだろうよ。せこい奴らだぜ」

ぼやきに代わった。

「魚河岸には一緒に行ってくれませんか」

菊麻呂が念押しをすると、

「いや、いいぜ。どうせ暇《ひま》だからな」

そう応じてから、

「その前に、せっかくの鯛だ。三枚におろしておくぞ」

と、寅太郎は台所に向かった。

その間も、菊麻呂は思案をしていた。建継所の行事たちは、なにかを隠しているように思えてならない。

すると、

「おや……なんだ、こりゃ」

寅太郎の素《す》っ頓狂《とんきょう》な声が聞こえた。

居間を出て、菊麻呂は台所に向かった。

「おい、小判だよ」

鮪の腸《はらわた》から小判が一枚出てきた、と寅太郎は喜び、盥に汲んだ水で洗った。

たちまち、小判は山吹《やまぶき》色に輝く。

菊麻呂は座禅《ざぜん》を組み、両目を閉じようとしたが、

「そこまでする必要もないか」

と、つぶやいて、

「ほら、早く魚河岸に行きましょう。おもしろいものが見られますよ」

と、満面の笑みで寅太郎を急《せ》かした。


菊麻呂は寅太郎が魚河岸にやってくると、目ざとくふたりを見つけた魚問屋の金八が、

「こりゃ、鬼塚の旦那」

と、親しげな表情で近づいてきた。

「おう。で、建継所のつまらねえ連中とは、うまくいったのか」

寅太郎が問いかける。

「それがね……どうも、はっきりしねえんですよ」

不満そうに金八は言った。

「なんだよ、はっきりしねえってのは」

いかにも退屈そうに、寅太郎は問い直した。

「あっしら、あいつらが鯛を横流ししているって見当をつけましたんでね、それを白状させせようと思ったんですよ。以前から、あっしら魚問屋が知らねえ舟から、問屋じゃなくって建継所に直接、鯛が届けられるんです。今朝もそんな鯛が建継所に届けられたんで、どういうこったって、問いあわせたんです。あくまで、落ち着いてね」

金八は鯔背を気取った魚河岸の男らしく、早口でまくしたてたあと、乱暴はしていませんよ、と強調した。

「そりゃ、鯛を横流しすれば儲《もう》かるからな」

寅太郎は、いつものように深くは考えなかった。

「川越たちの性質《たち》が悪いのは、公方《くぼう》さまのご威光を利用しているってことなんですよ」

金八は憤《いきどお》った。

「どういうこった」

さすがに寅太郎も気になったようだ。

「お城で、公方さまの弁当というのがえらく売れているそうですね」

「へ〜え、公方さまが弁当を売っていなさるのかい」

寅太郎が返すと、そんなはずござんせんや、と金八は否定してから、

「公方さまの食膳に供された料理が、御膳奉行さまにさげ渡されるんですよ。そうしますとね、台所方のお役人がその料理を弁当にして、お城で宿直《とのい》をなさる勤番《きんばん》のお旗本衆に売ってまわるって寸法です」

この時代、将軍や大名は出された食膳の料理、一品一品にひと箸つけるだけというのが慣例であった。たとえ、鯛のような上魚であっても例外ではない。ひと箸つけられた料理は、台所方にさげ渡される。将軍に供される料理であるから、選りすぐりの食材で、最高の調理がなされている。

美味であるのは当然だが、加えて将軍の料理という権威が加わり、宿直の間では大変な人気であるという。

「役得《やくとく》ってやつですけどね。それは正真正銘、公方さまの食膳を彩《いろど》った鯛や鱚《きす》、鯉《こい》、白魚《しらうお》、玉子焼き、蒲鉾《かまぼこ》なんですよ。ですけどね、川越たちが料理屋に売って

いる鯛は、おれたち魚河岸の魚問屋から巻きあげたやつでして。それを公方さまの鯛だと騙《かた》って、高値で売ってやがるんですよ」

「そんなもんに騙《だま》される料理屋がいるのか」

寅太郎は首を傾《かし》げた。

「いえね、騙されているのを承知で買っているんです。料理屋の客のなかには、食道楽を気取るお大尽《だいじん》がいますからね。そういうみなさんは、公方さまの鯛を食べたって自慢したいんですよ」

「自慢や見栄《みえ》っ張《ぱ》りってわけだ」

「とにかく、魚河岸の面汚《つらよご》しのようなおこないは、やめさせてえんですよ」

語調を強めた金八に、寅太郎は気張った。

「任せな。おれがやめさせてやる」

そのとき、何人かの町人が建継所から出てきた。小袖に前掛けをし、盤台を手にしている。

「あいつら、料理屋の奉公人たちですよ」

「よし」

寅太郎は彼らに近づいた。

「おい、おまえら、どこの料理屋だ」

寅太郎らしく、前置きなしで問いかけた。

三人はきょとんとした。

「ま、どこでもいい。その代わり、その盤台を見せろ」

「ええ……」

戸惑う三人に、寅太郎が迫る。

「いいから、見せろ！」

「そ、そんな、なにもありませんよ」

「嘘吐け」

怒鳴《どな》る寅太郎に勢いづけられたか、

「とぼけるなんざ、みっともねえぞ」

高圧的な態度で、金八も詰め寄った。

六

だが、いざ盤台の蓋《ふた》を開けてみると、空である。

その男ばかりか、他のふたりの盤台にも鯛どころか、魚一尾ない。

「今日は鯛はないって。魚問屋の抗議で横流しはできなくなったって、川越さんに断られたんですよ。あてにしていたのに」

男は嘆《なげ》いた。

「わかった。おまえらは行け」

寅太郎に許されると、三人は逃げるように立ち去った。

「身元不明の大漁の鯛が届けられただろうに」

金八は首をひねった。

「なにか企んでいやがるな。こりゃ、儲《もう》かるかもな」

寅太郎は鼻をくんくんとさせた。八丁堀同心として建継所の悪企みを嗅《か》ぎつけ、貪欲な悪徳同心として銭儲けの直感が働いたようだ。

建継所の悪事を暴けば、裏に表に相当な金を手に入れられる、と踏んだに違いない。

このままでは、寅太郎は暴走してしまうかもしれない。建継所の不正があきらかになっても、寅太郎がやりすぎを咎《とが》められては意味がない。

「寅さん、まずは麻呂に任せてください。建継所を探ります」

菊麻呂は申し出たが、

「子どもは引っこんでろ」

もはや欲に目が眩《くら》んでいる寅太郎は、承知しなかった。

ここで金八が、ひとつの提案をした。

「旦那、建継所の奴らは狡猾《こうかつ》ですよ。脅しや力ずくでは、悪事を暴けません。あっしらがさんざん文句をつけ、脅しをかけても、尻尾《しっぽ》を出さないしぶとさですからね。ここは、他の方に任せるのも一興《いっきょう》ですよ。駄目だったときに旦那が出張《でば》ればいいじゃないですか」

金八なりに、寅太郎の暴走を危惧したのかもしれない。

算段《さんだん》するように虚空《こくう》を見つめたあと、

「おもしろくもおかしくもない考えだが、まあいいだろう」

寅太郎は、けなしながらも受け入れた。

菊麻呂が建継所の引き戸を開けると、

「ええと、たしか鬼塚さんとご一緒にいらっしゃった……」

訝《いぶか》しみながらも、川越が出迎えてくれた。

「さきほどは立派な鯛を届けていただき、ありがとうございました」

くわしい素性は説明せず、丁寧《ていねい》に菊麻呂はお辞儀をした。こう言っておけば、寅太郎の縁者とでも勝手に思ってくれるに違いない。

案の定、川越はとくに疑う様子も見せず、

「ほんの気持ちです。わざわざ、お礼にいらしたのですか」

と、恐縮した。

「お礼と……これは、大変に言いづらいのですが、お届けくださった鯛……腐《くさ》っていたのです」

申しわけなさそうに、菊麻呂は言った。こういうときに、菊麻呂の風貌はじつに役立つ。

「そんなはずはございませんが……」

川越は戸惑った。

「先だっての騒ぎでお聞きになったように、寅さんは銚子で漁師をやっていましたから、魚にうるさいのです。あの鯛は、今朝入荷されたものですか」

菊麻呂は冷静に言いたてた。

「いえ、今朝では……」

川越の言葉尻《ことばじり》が怪《あや》しくなった。

「今朝入荷された鯛はありますか」

たたみかけるような菊麻呂の問いかけに、川越はちらりと建継所の隅《すみ》を見た。

長方形の板箱が重ねられている。

「あれですか。ずうずうしいお願いですが、新鮮な鯛を頂戴してこいって、寅さんに頼まれましたので」

そう言いつつ菊麻呂は板箱に進み、蓋を開けた。

立派な真鯛が数尾入っている。菊麻呂が一尾の尻尾をつかむと、

「お待ちください、あとで届けます」

あわてて川越が駆け寄ってきた。

「そんな面倒はおかけしませんよ」

川越の返事を待たず、菊麻呂は両手で鯛を抱えると、建継所を飛びだした。

すかさず、川越と行事たちが追いかけてくる。

そこへ、

「おっと、危ないじゃないか」

金八と魚問屋たちが荷車を引いて、川越たちの行く手を塞《ふさ》いだ。

見事逃げきった菊麻呂は、金八のところに待機していた寅太郎に鯛を見せた。

「こりゃ、いい真鯛だ」

目を細めた寅太郎に、菊麻呂が頼みこむ。

「身の中を調べてください」

「おやすい御用だ」

寅太郎は俎板を借りると、鯛を置いた。次いで、脇差で鯛の腹を切り裂く。

なんと、大量の小判が詰まっていた。

寅太郎の屋敷に届けられた鯛は、うっかり小判一枚を残してしまったようだ。

「……なるほど、つながったぜ。小判の入った鯛は、海猫の五郎兵衛一味によって建継所に運びこまれているんだな。一味は漁師だった。小判を運ぶ容れ物の鯛も、自分たちで獲ったんだろうぜ。まったく、漁を盗みに利用するとは、許せない連中だ。漁師の風上《かざかみ》にも置けねえ」

妙なところが癇《かん》に障《さわ》ったらしく、寅太郎は憤《いきどお》った。

七

その晩、建継所の近くの納屋に、菊麻呂と寅太郎、それに荒夷の長吉がひそんだ。たっての願いで、金八も加わっていた。

「おい、麻呂、そんなごたいそうな物を持ってきて、うまく使えるのか」

寅太郎が言ったように、菊麻呂は弓矢を持参していた。それに合わせるかのように、今夜の菊麻呂は、流鏑馬《やぶさめ》の装束だ。

すなわち、綾藺笠《あやいがさ》をかぶり、鎧直垂《よろいひたたれ》に射籠手《いごて》をつけ、足には行縢《むかばき》、背には矢を納めた箙《えびら》を負っている。

ただ、太刀は履いていない。

凜々《りり》しき公家の流鏑馬姿に、長吉は賞賛の言葉を贈る。

対して寅太郎は、

「せっかくの弓矢だが、使うことはないぞ。麻呂は納屋でおとなしくしているんだ。相手は凶悪な海賊野郎だからな。なにも自分が捕物に加わらなくても、見聞は広められるだろう。いいな、出ちゃいけねえぞ！」

強く釘《くぎ》を刺した。

「わかりました。寅さん、親分、金八さん、ご武運を祈っております」

菊麻呂はみなを見まわした。


夜九つ、魚河岸は眠りのなかにあった。夜空を彩る寒月《かんげつ》が、ほの白く建継所を照らしだしていた。

やがて、足音を忍ばせたいかにも怪しげな集団が姿を見せた。黒っぽい小袖に裁着け袴《たっつけばかま》、手には槍や銛《もり》、青龍刀《せいりゅうとう》、さらには鉄砲《てっぽう》を持っている者までいた。

海猫の五郎兵衛一味に違いない。

「行くぜ」

寅太郎は納屋にあった斧《おの》をふたつ、両手に持った。長吉は長脇差、金八は天秤棒《てんびんぼう》を武器とした。

三人が納屋を飛びだすと、気配を察したのか、海猫一味の足が止まった。

「五郎兵衛はどいつだ」

あっという間に駆け寄った寅太郎が、叫び声で問いかける。

「おれだよ」

真ん中の男が、一歩前に出た。小太りの達磨《だるま》のようだ。五郎兵衛は懐《ふところ》に呑んでいた大包丁を、右手で取りだした。

「獲った魚の腹に小判を隠すとは、考えたものだな。しかし、おまえらは漁師の面汚しだ。立派な真鯛を釣りあげる腕を持っていながら、海賊に身を堕とすとは情けないぞ」

寅太郎は冷笑を放った。

「うるせえ、ごちゃごちゃ抜かすな。おまえら、魚の餌《えさ》にしてやるぜ」

五郎兵衛が一味をけしかけると、一瞬にして、魚河岸は修羅場と化した。

長吉が長脇差の切っ先で、ひとりのどてっ腹を突き刺した。

寅太郎はふたつの斧を、あたかも風車のように振りまわし敵に躍《おど》りかかる。たちまちにして、いくつもの腕が転がった。

三人の活躍に負けじと、金八は海猫一味の群れに網を放り投げた。悲鳴をあげながら、悪党たちが絡め取られる。

「雑魚《ざこ》は任してくだせえ」

金八は寅太郎に声をかけ、網を引きずって松の枝にぶらさげた。

寅太郎は両手の斧を振りまわしながら、五郎兵衛に向かう。青龍刀を持った男が、寅太郎の前に立ちはだかった。

寅太郎が身構える前から、青龍刀が振りおろされた。夜風がびゅんと切り裂かれ、寅太郎の顔目がけて刃が襲いかかる。咄嗟《とっさ》に寅太郎は、ふたつの斧の刃を合わせた。

刃がぶつかる鋭い音がした。

間髪いれず、敵は青龍刀を振りあげ、ふたたび振りおろす。またもや寅太郎は受け止めた。

男の目がつりあがった。

意地になったのか、青龍刀を何度も振りあげては振りおろす。が、寅太郎の守りは鉄壁《てっぺき》で、斧が青龍刀を跳ね返すばかりだ。

それでも、敵の意地が勝ったのか、寅太郎に疲労の色が見えて腰が沈んだ。

好機ととらえた敵は大きくのけぞり、天を仰いで青龍刀を大きく振りあげるや、反動をつけて振りおろした。

渾身《こんしん》の一撃が、寅太郎の頭上を襲う。

寅太郎は合わせていた斧を、さっと離した。斧の隙間を青龍刀が通りすぎ、寅太郎の頭蓋骨《ずがいこつ》を真っ二つに……。

すると思いきや、寅太郎はすばやく斧を閉じ、青龍刀をはさんだ。

敵の目が激しく瞬《またた》かれた。

青龍刀を振りあげようとするが、びくともしない。

寅太郎は、

「おおっ！」

鬼の形相で、虎のような咆哮《ほうこう》をあげる。小袖を通しても肩の肉が盛りあがるさまが、ありありと浮かぶ。

敵の顔から、滝のような汗が滴《したた》る。

「おお！」

雄叫びとともに、青龍刀が両断された。

男は悲鳴をあげながら膝《ひざ》をつく。

次の瞬間、寅太郎は両の斧を左右から交差させた。敵の首が、夜空に飛んでいった。

同時に、鉄砲を持った敵が三人、寅太郎に筒先《つつさき》を向けた。すかさず、金八が網を投げる。驚いた敵の筒先が上を向き、弾丸が放たれた。

弾丸は、宙を舞う青龍刀を持った男の額を貫《つらぬ》いた。

「いい腕してるじゃねえか」

金八がからかいの言葉を投げながら、網の中でもがく海猫一味の頭を天秤棒で叩いた。

次いで、寅太郎は五郎兵衛と対峙《たいじ》した。

五郎兵衛は大包丁を持っている。斧を捨て、寅太郎も刀を抜いた。

途端に、五郎兵衛が大包丁を突きだした。

寅太郎も応戦し、突きを繰りだす。長身の五郎兵衛に見おろされながらの刃のやりとりは、圧倒的に不利だった。

五郎兵衛が大包丁を振りまわしたところで、寅太郎は身をかがめた。頭上を大包丁がかすめてゆく。五郎兵衛が前のめりになる。寅太郎は、五郎兵衛の足を踏みつけた。

五郎兵衛の顔が、どす黒く歪《ゆが》む。

「こっちだ」

からかうように両手を打ち鳴らし、寅太郎は走りだした。

五郎兵衛は憤怒の形相で追いかけてくる。五郎兵衛が背後に迫ったところで、振り向きざま刀を下からすりあげた。

はっしと五郎兵衛は受け止める。
大包丁と刀が重なりあったまま、ふたりは立ち尽くした。
建継所から、川越が短筒《たんづつ》を手に現れた。川越は狙《ねら》いを、寅太郎の背中に定める。
微動だにしない寅太郎は、恰好《かっこう》の的《まと》であった。
にんまりとして、川越は引鉄《ひきがね》に指をかける。
そして、引鉄を引こうとした瞬間、寅太郎と五郎兵衛の身体が入れ替わった。
引鉄に掛けられた指が止まった。
寅太郎は右に回転した。つられるように五郎兵衛もまわる。
一回転ではない。足を止めることなく、寅太郎は独楽《こま》のようにまわり続けた。
これでは川越は、短筒を撃つことができない。
まわり続けているうちに、五郎兵衛の目が虚《うつ》ろになった。目がまわったようだ。
やおら、寅太郎は動きを止めた。
五郎兵衛がよろめき、顔面が目前に迫った。
寅太郎は左手を刀の柄から離すと、人差し指で五郎兵衛の目と目の間、印堂《いんどう》を突いた。
五郎兵衛の巨体が、ぴんと立った。さながら巨木のごとく動かない。

「魚に急所があるように、人さまにもあるんだよ」

五郎兵衛を見あげ言葉を投げると、

「海賊め、三枚におろしてやる」

寅太郎は刀を三度振るった。

そのまま五郎兵衛は急所を切り裂かれ、どうと地に倒れた。

「八丁堀同心め、図に乗りおって。そこまでだ」

川越が短筒片手に近づいてきた。

「いくら強くたって、これには勝てないぞ」

勝ち誇った川越は、筒先を寅太郎の顔面に定めた。

「南北町奉行所きっての剛腕同心の強面《こわもて》を、柘榴《ざくろ》のようにしてやる。おっとその前に、手足を撃ってもいいがな。さて、どうしてくれよう」

嫌らしくも川越は、寅太郎を弄《もてあそ》ぶようだ。

寅太郎との間合いは三間、外しはしないだろう。

さすがの寅太郎も、全身から汗が噴き出た。

長吉、金八も迂闊《うかつ》には手を出せない。動いた途端に、引鉄が引かれるだろう。

川越は仕留められても、寅太郎の命も危ういのだ。

焦《じ》れったそうに金八は歯噛みし、長吉は寅太郎の身を案じ、拳を握りしめている。

納屋の中で捕物を見ていた菊麻呂は、寅太郎の窮地《きゅうち》を見過ごしにはできず、弓矢を手に取った。

次いで納屋から出ると、あわてず騒がず、心静かに矢を番《つが》える。

川越を的にして静かに射ると矢は流星のように飛び、川越の左肩に突き刺さった。同時に弾丸が放たれたが、筒先が横を向いたために寅太郎から大きく外れた。

「ひえええ」

川越は短筒を落とし、肩に突き立った矢を抜こうとした。しかし、痛みでもがき苦しむだけだ。寅太郎が走り寄り、

「おれの顔を柘榴みたいにできず、残念だったな」

と、十手で川越の頭を打ち据えた。

川越は前のめりに突っ伏した。

霜月の十五日、八丁堀にある鬼塚寅太郎の組屋敷で、鮟鱇鍋が用意された。金八が、とっておきの鮟鱇です、と届けてくれたのだ。

寅太郎が手際よく鍋を調理するなか、菊麻呂のほか、お忍びで鶴子も来ている。今朝から降り続いた雪はやんだが、庭一面は、雪化粧《ゆきげしょう》が施《ほどこ》されていた。

「鮟鱇の味が引きたつな」

味付けを終えた寅太郎は、白雪を眺めた。

「ほんに、きれいですね」

鶴子はうっとりと雪を見やった。

「雪よりは鮟鱇だ。こたえられないぜ」

寅太郎は小鉢《こばち》によそった鮟鱇に息を吹きかけながら、さっそく食べはじめた。

「ほれ、おまえらも食えよ」

「やっぱり、寅さまが海猫の五郎兵衛一味をお縄になさったとか。たいしたものですね」

鶴子の称賛を受けたが、寅太郎は浮かない表情をする。

菊麻呂が、

「ところが寅さんは、肝心《かんじん》の褒美に不満なのですよ」

と言った。

鶴子が小首を傾げると、

「一両ぽっちなんだよ」

　寅太郎は嘆いた。

海猫一味は強奪した金の半分を使い果たし、残る半分は、久能山東照宮《くのうざん》に納められた。久能山東照宮に奉納されるはずだった御用金を、海猫一味は奪っており、幕府は優先して久能山に返したのである。

このため、奉行の感状と金一両が下賜《かし》されただけだった。

それは残念でしたね、と鶴子は寅太郎に同情してから、

「でも、海猫一味捕縛の誉《ほまれ》は、寅さまのものですよ」

ほがらかに言った。

「そうですよ。寅さんは南北町奉行所きっての強面《こわもて》同心……あ、いえ、剛腕同心だと、あらためてあきらかにしたんです」

菊麻呂も寅太郎を励《はげ》ました。

「おや、関白殿下は江戸に来て、よいしょを学んだようだな」

「よいしょとはなんですか」

大真面目に菊麻呂は問いかけた。

「よいしょって言うのはな、お世辞だよ」

寅太郎が答えると、

「お世辞は嘘ですよね。自分の気持ちを偽《いつわ》って相手を賞賛したり、おだてることです。ですが、わたしは心の底から、寅さんが剛腕同心、正しいことを貫《つらぬ》く江戸っ子だと尊敬しています」

歯の浮くような言葉だが、菊麻呂の口から発せられると、素直に受け入れられる。純真、誠実な関白殿下と暮らし、自分に変化が起きそうだと寅太郎は思った。

変化とは、善人になる、欲得を捨て町人のために尽くす、正義の味方同心になる……ということか。

いや、そんな風にはいくか。おれはおれだ、と、気を奮い立たせたところで、

「寅さん、わが道を行ってください。わたしはついていきます。都の公家のなかにいては、学べない多くがあるに違いありません」

寅太郎の心中を見透かしたように、菊麻呂は言った。

「生意気なことを抜かしやがって」

寅太郎は、がははは、と豪快に笑い飛ばした。つられたように菊麻呂も声をあげて笑う。関白という堅苦しい立場から、身も心も解放される。

江戸は広い。

大勢の人が暮らし、日々さまざまな事件が起きる。喜怒哀楽《きどあいらく》に満ちた芝居のような日常が過ぎてゆく。

見聞を広めるには、またとない土地であろう。

これから遭遇するであろう未知なる事件に、菊麻呂は早くも心を躍《おど》らせていた。

コスミック・時代文庫

関白同心《かんぱくどうしん》
少年貴族と八丁堀の鬼

2024年10月25日　初版発行

【著 者】
早《はや》見《み》 俊《しゅん》

【発行者】
佐藤広野

【発 行】
株式会社コスミック出版
〒154-0002 東京都世田谷区下馬 6-15-4
代表　TEL.03(5432)7081
営業　TEL.03(5432)7084
FAX.03(5432)7088
編集　TEL.03(5432)7086
FAX.03(5432)7090

【ホームページ】
https://www.cosmicpub.com/

【振替口座】
00110 - 8 - 611382

【印刷／製本】
中央精版印刷株式会社

ISBN978-4-7747-6598-3 C0193